메시지가 도착하였습니다

초판 1쇄 인쇄_ 2024년 02월 10일 | **초판 1쇄 발행**_ 2024년 02월 15일
지은이_꿈뜨락애 | **엮은이**_박이레 | **펴낸이**_진성옥 외 1인 | **펴낸곳**_꿈과희망
디자인·편집_윤영화
주소_서울시 용산구 한강대로 76길 11-12 5층 501호
전화_02)2681-2832 | **팩스**_02)943-0935 | **출판등록**_제2016-000036호
E-mail_ jinsungok@empas.com
ISBN_979-11-6186-145-6 43810

2024 대구광역시교육청 책쓰기 프로젝트

메시지가 도착하였습니다

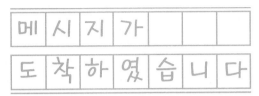

꿈뜨락애 지음   박이레 엮음

꿈과희망

작지만 큰 힘

 바쁜 학사 일정 가운데 수행평가도 치러야 했고, 중간고사, 기말고사도 신경을 써야 했습니다. 학교 행사는 또 왜 이렇게 많은지요. 이렇게 저렇게 넘어가던 달력을 붙잡고 싶을 때도 있었습니다. 사실 이번에는 정말 '책 출판을 못 하겠다.' 생각했었던 시간도 있었습니다. 그런데 아이들의 첫 원고를 받아 들고 완전히 몰입해서 글을 읽고 있는 저를 발견하였습니다. '애들 생각이 뭐 그리 대단하겠어.'라고 생각한 자신을 반성했습니다. 유려하지 않지만 분명 울림이 있고 그

울림 가운데 저를 반성하고 앞으로 인생에 대해 고민하게 했습니다. 고작 우리 부원 친구들은 17, 18세밖에 되지 않았지만요.

상대방 감정을 읽지 못해 힘든 경험이 있거나, 자신의 감정을 솔직하게 들여다보지 못한 독자가 있다면 지금 이 책을 정말 잘 선택하셨습니다. 책을 읽는 동안은 자신의 감정 상태에 귀를 기울여 보시고 긍정적이든 부정적이든 그 감정에 완전히 심취해 내가 어떤 마음가짐으로 인생을 살아가고 있는지 생각해 보시는 계기가 되길 바랍니다.

선생님의 지도 없이 완벽한 작품을 보여준 우리 꿈뜨락애 학생들에게 감사의 말도 함께 전합니다. 읽는 동안 행복했습니다. 햇살 따뜻한 가을에 행복을 선물해 주셔서 감사합니다. 쓰는 동안도 행복했길 바랍니다.

꿈뜨락애 지도교사 박이레

성장하는 우리

우리 꿈뜨락애는 어려움 안에서도 서로를 의지하며 매 순간 이겨
내 왔고 거듭해 가며 성장하는 배경 속에서 한 권의 소설을 완성했
습니다. 작고 희미할지언정 순수하고 진실한 우리의 목소리는 세상
에 기적을 보여주려 합니다.

사람은 각자만의 고민을 하며 살아가지만 정말 지치고 힘든 어느
날, 누군가 나를 알아주었으면 하는 감정은 공통된 것일지도 모릅니
다. 이 책에는 6명 주인공이 각기 다른 마음속 응어리를 지니고 살아

가는데 이들의 감정이 어두운 색을 띠는 순간 의문의 애플리케이션이 깔리며 발신지를 알 수 없는 메시지가 도착합니다.

각각의 등장인물은 한낱 종이 속 인물에 그칠지도 모릅니다. 그러나 그들이 비현실적이면서 현실적인 6개의 인생 속 주인공이라는 것은 당연한 사실이고 우리 꿈뜨락애는 한 명의 주인공을 더 모시고 있습니다.

그것은 바로 이 책을 읽는 당신, 당신이 슬플 때 의문의 애플리케이션이 깔리며 위로를 받을 일 따윈 없을 것입니다.

그러나 애플리케이션은 소설 속 장치일 뿐 당신에겐 다른 요소가 될지도 모릅니다. 가족, 친구, 반려동물, 음식.

지칠 때 주위를 둘러보며 나만의 애플리케이션을 찾는 건 어떨까요.

꿈뜨락애 부장 고은서

차례

앱 사용 지침서

+)[필독][활성화조건]2023.10.25.ver

이 앱은 익명의 창작자가 배포한 것으로 간단한 절차를 통해 인증을 하시면 시공간을 초월한 본격적인 앱 기능이 활성화됩니다.

〈기능 활성화 조건〉

1. (성명/나이/성별) 기재는 필수입니다.
2. 당신의 기억에 접속해 메시지 상대를 찾아드리는 것이므로 개인 정보 수집에 동의를 해야 합니다.
3. 이 앱은 개발 중에 놓인 버전으로 불특정 소수들에게만 열람이 되어 있으니 정보 누설 금지 서명을 해야 합니다.
4. 위 절차를 마치셨다면 24시간내로 앱 기능이 활성화되니 기다려주시면 됩니다.

기능 활성화를 마치신 분들은
앱 사용 방법과 주의사항을 다룬 페이지를 읽어 주시기 바랍니다.

10 메시지가 도착하였습니다

이 앱은 속마음 치료&사랑 전달을 목적으로 만들어진 앱입니다. 연결된 상대방이 슬픈 감정을 느끼는 순간부터 당신은 메시지를 보낼 수 있습니다.

[감정을 전달받았습니다. 메시지를 입력하세요]
라는 알림이 뜬 후 메시지를 쓰신다면 앱을 정확하게 사용한 것입니다.

메시지를 전송한 후 며칠 기다리면 곧 답장이 올 수도 있습니다. 그럼 다시 답장의 메시지를 보내주세요.

이후 상대방이 극복의 감정을 느끼게 된다면 이 앱은 자동으로 삭제됩니다.

이 앱은 위와 같은 메시지 교류로 이루어지는 따뜻한 마음에 작동하므로 앱을 더 사용하시기 원하시다면 위로의 말을 많이 보내주시면 감사하겠습니다.

이 앱을 사용하실 때 주의하셔야 할 점이 있습니다.

1. 자신의 개인정보를 상대방에게 노출하지 말 것.

2. 상대방의 개인정보를 알려고 하지 않을 것.

3. 공감&위로의 말이 아닌 부적절한 언행은 하지 않을 것.

4. 앱 정체를 다른 이에게 들키지 않을 것.

5. 앱을 인위적으로 삭제하지 않을 것.

위 사항들을 어길 시 최소 3일 이용 정지부터 영구 정지 처리가 될 수 있고 때에 따라 오류가 일어나니 양해 부탁드립니다.

+)[오류문의답변]2023.9.12.ver

Q. 메시지를 보내면 자꾸 엉뚱한 답장이 옵니다.

A. 오류 원인을 분석한 결과 아래와 같은 경우가 있는 것을 확인했습니다. 수리 요청을 넣으시면 6개월 이내에 고쳐드립니다.

1. 메시지가 잘못된 상대에게 감.

2. 상대방의 삶에 직접적인 영향을 미침.

3. 상대방의 감정선에 혼란이 옴.

찢긴 날개

차경민

#0 처음으로 하는 소개팅

점점 흐려지기 시작하는 하늘. 여름에 비하면 약해진 햇빛. 피부를 스쳐 지나가는 선선한 바람. 본격적으로 날이 추워지기 시작하는 가을이다.

모든 계절이 다 그렇듯 각각 고유의 특징을 가지고 있다.

가령 봄이라면 식물이 꽃을 피우는―― 생명의 계절이다.

가령 여름이라면 덥고 습한―― 최악의 계절이라고 할 수 있겠다.

그리고 이런 특징들은 좀처럼 변하지 않는다. 시기에 따른 차이는 있을지 몰라도 그 본질까지는 바꿀 수 없다.

나의 삶도 계절과 비슷하다. 결코 바꿀 수 없는 부분이란 게 존재한다. 그게 바로 김세현의 본질인 것이다.

──이때까지는 그렇게 생각했었다.

"소개팅할 생각 없어?"

이 말을 듣기 전까진.

맞선이나 소개팅 같은 건 나의 인생과는 전혀 상관없었다.

당연하다. 애초에 주위에 있는 사람이 얼마 없으니까.

하지만 어쩔 수 없었다.

사람과의 관계를 맺을 시간이 나에게는 없다. 딱히 관심도 없다.

그래서 그런지 생애 첫 소개팅 권유를 받았을 때 머릿속에는 이런 말이 떠올랐다.

웃기고 있네── 라고.

시간 부족, 관심 없음?

거짓말. 변명이다. 그 사실은 내가 가장 잘 알고 있었다.

사실 사람과의 관계를 맺는 것이 두려울 뿐이었다.

어째서일까.

'이제부터라도 괜찮아.'

이런 다정한 목소리를 어디선가 들었었다.

'안 될 게 뭐가 있어?'

이런 따스한 목소리를 언젠가 들었던 기억이 난다.

지금 이 목소리가 떠오른 건 어째서일까.

목소리의 주인은 어떤 사람이었을까.

──애석하게도 기억해 낼 수가 없다.

그저 나를 구원해 주었던 그 사람이라면 지금의 나에게 이렇게 말해 주었을 것이다. 문득 그런 생각이 들었다.

그래서 마음에 떠오른 소중한 목소리들을 간직하기로 결심했다. 지금이라도 행복하게 살아가자고, 그렇게 정했다.

왠지 저번에도 비슷한 일이 있었던 것 같은 기분이 든다. 아마 기시감이리라.

"할래. 소개팅."

잠시 망설인 후에 대답했다.

"그럼, 다음 주 일요일. 장소는 나중에 메시지로 보낼게."

즉답이다. 마치 내가 수락할 것을 알고 있던 것만 같다.

처음부터 계획되어 있던 걸까.

"정말, 도저히 너는 못 따라잡겠네."

문자를 받았다. 다음 주 소개팅을 할 장소의 위치가 하이퍼링크로 보내져 있었다.

클릭해서 들어가 봤다.

"와아."

나도 모르게 감탄이 나왔다.

식당── 은 아니다. 다방, 카페 정도의 느낌이다.

가게 내부 중앙에 단풍나무 한 그루가 있다. 주위를 유리로 된 벽으로 감싸놓았다.

아니, 애초에 건물 자체가 유리로 되어 있었다. 전기를 흘려보내면 불투명해지는── 그런 유리인 것 같다. 안정성을 위한 얇은 검은색 콘크리트와도 잘 어울렸다.

유리로 감싸져 있으면 그 내부의 관리는 어떻게 하는 거지. 애초에 진짜 나무가 아닐 수도 있다.

아무튼, 이런 낭만을 좇는 가게가 아직 있을 줄이야.

감탄했다. 가능하다면 자주 방문하고 싶다.

이런 분위기라면 물조차도 맛있게 느껴질지도 모른다. 정말로 그렇게 생각한다.

왼쪽 손목에 찬 시계를 봤다. 11시 24분 즈음이다.

메시지가 온 건 없는지 확인하기 위해 핸드폰의 전원 버튼을 눌렀다.

바탕화면은 핸드폰을 처음 샀을 때 그대로다. 한 번쯤 바꿔보는 것도 나쁘지 않을 것이다.

──딸랑

종이다. 가게 입구에 달려 있다.

손님이 오고 감을 표현하는 것 이외에는 별다른 특징이 없다. 딱 그 정도의 역할에 어울리는 디자인이다.

종소리가 울렸다는 것은 누군가가 들어왔다는 것. 반사적으로 문 쪽을 쳐다봤다.

들어온 사람은 정장을 차려입고 깔끔하게 머리를 넘긴 남자다. 당연히 내가 기다리고 있는 사람은 아니다.

남자는 잠시 주위를 둘러봤다. 일행을 발견했는지 단풍나무 바로 옆 테이블로 다가갔다.

아까까지 세 명이 있었던 테이블이다. 이제는 네 명이다.

──그렇다, 네 명이다.

소개팅 상대를 기다리는 동안 가게 안으로 들어온 사람의 수다.

물론 내가 조금 일찍 도착하긴 했다.

약속 시각인 11시 30분보다 20분 정도 빨리 왔다.

5분 정도 일찍 올 생각이었긴 하다만, 계산을 잘못했다. 이 근처는 처음 와서 그렇다.

"편히 즐겨 주십시오."

검은색 나비넥타이가 인상적인 직원이 잔을 내려놓으며 말했다.

혼자서 가만히 앉아 있기도 뭣했기에 에스프레소 한 잔을 주문했었다. 좋은 타이밍이다.

입 안이 건조해서 물이라도 마실 참이었다.

"아무 맛도 안 느껴져."

몇 년 전에 마셨을 땐 굉장히 썼었다. 그 쓸쓸함이 필요해서 주문한 건데.

극에 달한 긴장감 때문인지, 아니면 그냥 내 미각이 이상해진 건지, 잘 모르겠다.

그렇다면 대체 이 떨리는 심장은 어떻게 진정시키지.

그래, 이럴 때야말로 심호흡이다. 들이마시고.

"후우."

내쉬고.

──실패했다. 오히려 숨 쉬는 걸 의식해 버렸다.

호흡이 불규칙해졌다. 최악이다.

다시 커피잔을 들었다.

—딸랑

그때 종소리가 들렸다. 가게의 문이 열린 것이다.

들어온 사람의 얼굴을 확인했다.

아, 그분이다.

#1 반면 일상적인 풍경

선크림을 발라도 따가운 피부, 여름이다. 내가 생각하는 최악의 계절답다.

덥고 습하고 벌레 많음. 싫어하기에 충분하다.

어느새 땀이 옷을 적시고 있다. 아직 오전이건만.

지금이 봄이었다면, 아니, 봄이 조금만 더 길었더라면 이 정도로 고생하고 있지는 않을 것이다.

봄은 꽤 좋아한다. 자연의 짧은 새 단장 기간 같다.

"얼마 전까지만 해도 벚꽃이 피어 있었는데. 벌써 여름이라니."

피어나는 꽃의 아름다움은 덤이다.

"계절도 변해가나 보네요."

딱딱한 의자에 앉아 인스턴트커피를 마셨다.

옆에는 직장 후배인 지수가 있다. 조금 전까지 내가 사용할 짐을 같이 차에 실어주고 있었다.

"선배님. 가족이 방문한다고 했었나요?"

지수가 빈 종이컵을 구기면서 말했다. 그러고는 쓰레기통을 향해 던졌다.

깔끔하게 골인이다.

"응."

"별일 없으면 좋겠네요."

저번 주에 회사를 통해서 연락이 왔다. 문자의 내용은 이러했다.

　　집을 뒤져보고 싶습니다. 찾는 물건만 발견된다면 바로 나가도록 하겠습니다. 작업에 지장은 가지 않게 최대한 노력하겠습니다.

드물게 예의와 격식을 차린—— 그런 문자였다. 이렇게 말하니 거절할 수도 없다.

자연스럽게 승낙해 버렸다.

지수가 옆에서 기웃거리고 있다. 문자의 내용이 궁금한가. 휴대전화 화면을 돌려서 보여줬다.

"괜찮을 것 같지? 통화도 해봤었는데 이번엔 그리 걱정할 필요가 없겠어."

"그러게요. 요즘 세상에 이런 사람들 드문데."

아닌 게 아니라 실제로 그렇다.

한번 보고 말 사이라면 예의도 갖추지 않는 사람들이 많아졌다. 일을 하면서 충분히 체감하는 중이다.

…혹은 갑의 입장에서 을을 부리고 있다 정도로 생각할 뿐일지도 모른다.

알게 뭐람.

그래도 사람인지라 기분 나쁜 건 어쩔 수 없다. 참는 게 상책이다.

"조심하세요. 겉과 속이 다른 사람이야 널렸는데요."

"그래야겠지."

한숨이 절로 나온다.

"아, 그래도 저는 아니니까요."

"뭐가?"

"백지나 다름없거든요."

"어, 그래."

확실히, 백지라면 앞면과 뒷면 모두 새하얗다. 중요한 건 그 위에 무엇을 칠하느냐이다.

──예전부터 느꼈지만, 지수는 아무렇지도 않게 이런 말을 하곤 한다.

솔직히, 부럽다. 아마 세상을 그런 관점으로 바라볼 수 있다는 사실이 부러운 것이리라.

나도 한때는 백지일 때가 있었을 텐데. 지금 옆에 있는 사람처럼 ── 꿈과 희망에 가득 차 환하게 빛났을 때가.

"슬슬 출발해야겠네요."

지수는 벽에 걸린 시계를 올려다보며 말했다.

나도 핸드폰을 켜서 시간을 확인했다. 지수의 말대로 지금 출발하지 않으면 상당히 아슬아슬할 것이다.

작업이 내일까지 연장될지도 모른다.

"그럼, 가볼게."

"네, 수고하세요."

지수가 손을 흔들어 주었다. 나도 가볍게 손을 흔들었다.

"길 안내를 종료합니다."

내비게이션이 그렇게 말했다.

주차할 공간을 찾느라고 애먹었다. 그렇다고 입주민 전용 주차 공간에 차를 세울 수는 없다. 근처에 적당히 주차했다.

빌라 입구 쪽으로 걸어갔다. 슬쩍 보기만 해도 상당히 낡았다.

생활에 지장이 생길 정도로 낡지는 않았지만, 일에 지장이 생길 정도로는 낡았다.

무슨 뜻이냐면——.

"없네."

엘리베이터의 부재이다.

몇 층 이상의 건물에는 반드시 엘리베이터를 설치해야 한다는 소리를 어디선가 들은 적이 있다.

이 빌라는 그런 말이 생기기도 전에 지어진 것 같다.

다행히 이 정도는 이미 익숙하다. 여러 번 겪었었다. 적응했다.

만약 적응하지 못한다면 작업이 지체된다. 그런 일은 되도록 피해야 한다.

입구를 통해서 빌라 안으로 들어갔다.

402호. 의뢰받은 방의 주소다. 일단 전반적인 상태를 보고 견적을 짜는 게 먼저다.

양옆의 우편함을 지나 정면에 있는 계단으로 향했다.

그때 누군가가 내려왔다.

"아, 혹시 402호 정리하러 오신 분인가요?"

50대 중후반으로 보이는 여자였다.

당연히 나는 모르는 사람이다. 아마 회사의 작업복을 입고 있어서 알아본 것 같다.

"네. 연락하셨었죠?"

아마 어제 받은 문자의 주인이리라.

"연락이요?"

──모르는 눈치다. 이 사람이 아닌가?

"아무것도 아닙니다."

"음….."

따가운 눈빛을 받고 있다. 분명 이상한 사람 취급을 받고 있을 것이다.

다행스럽게도, 이런 경우 또한 익숙하다.

이럴 때는 최대한 인상 좋게── 미소를 지어내자. 예전처럼 괜한 문제를 일으키지 않기 위해서는 이게 최선이다.

평소에 연습도 했다.

"아무튼. 최대한 빨리 끝내주세요. 앞을 지나갈 때마다 냄새가 심하거든요."

회심의 미소가 무시당했다. 조금 충격이다.

──앞을 지날 때마다 냄새가 심하다는 건, 아마 401호 주민인 것 같다. 사진으로 건물 내부를 둘러봤었다.

"현장을 봐야 알겠지만, 아마 오늘 중으로는 끝날 겁니다."

"그나마 다행이네요."

"걱정 안 하셔도 됩니다."

그래, 말 그대로 걱정할 필요는 없다. 혼자 사는 사람의 방이 더러우면 얼마나 더러울까.

강도라도 든 게 아니라면—— 그럴 리는 없다. 구태여 4층까지 올라갈 도둑은 없으리라.

굳이 내부를 확인할 필요는 없겠다. 그냥 짐이나 가져오자.

"아, 맞다."

어느새 출입구 앞에 서 있는 주민분이 말했다.

"아까 이상한 사람들이 401호 앞에 있던데."

"언제쯤이었나요?"

"글쎄요. 쓰레기를 버리러 나왔을 때니까 한 30분 전쯤?"

아마 그 사람이다.

"괜찮은 거 맞죠?"

——조금 불안해지기 시작했다.

그렇다고 내가 할 수 있는 건 없다. 겉과 속이 다른 사람이 아니길 바라는 수밖에.

"길어야 이틀이겠네요."

혹시 모를 상황을 대비해 예상 기간을 수정할 필요가 있을 것 같다. 미리 알고 맞는 매가 덜 아프다고도 하니.

우선 차에 있는 짐을 가져오는 게 먼저다.

바로 빌라를 나가면 방금 나간 주민분과 마주칠 게 뻔하니까 조금 기다리자.

차가 있는 곳까지는 걸어서 약 4분 정도. 그다지 멀지는 않았다.

트렁크를 열었다. 작업에 쓸 도구들이 든 박스가 있었다. 지수와 함께 실은 것이다.

크기는 품에 안고 가야 하는 정도로 무게는 그다지 무겁지 않다. 무리 없이 들 수 있다.

문제는 앞은 보여도 발밑이 안 보인다는 것이다. 턱에 걸려서 넘어질 수 있으니 조심해서 걸었다.

──빌라에 도착했다. 자동차 에어컨으로 식혔던 땀이 나기 시작했다. 고작 5분 정도 걸었는데.

조심해서 정면에 있는 계단을 올라갔다.

"진짜, 무슨 냄새가 저래?"

사람의 목소리가 들렸다.

"됐어. 이제 더이상 안 볼 건데."

여자 한 명에 남자 한 명인 것 같다.

저쪽은 반대로 계단을 내려오고 있다. 중간에 마주칠 예정이다.

"그래도 찾은 게 없잖아. 우리가 뭐 때문에 여기까지 왔냐고."

왠지 모르게 남자 쪽 목소리는 익숙하다. 어디에서 들었더라?

"그냥 없었던 걸로 생각해. 그게 너한테나 나한테나 마음 편할 거야."

──기억났다. 문자를 보낸 사람의 목소리다.

작업 일정을 알려주기 위해 통화를 했었다. 그때 들은 목소리와 비슷했다.

다만 목소리의 톤은 조금 달랐다. 얼굴을 안 봐도 짜증이 났다는 걸 알 수 있다.

"아."

마주쳤다. 기억 속의 목소리와 지금의 목소리를 비교하는 중이었는데.

"안녕하세요."

상자 위로 얼굴을 내밀어서 인사했다.

통화를 했기에 당연히 상대방도 내 목소리를 기억하고 있을 것이다. 그야 이틀 전에 했으니까.

"예, 안녕하세요."

남자 쪽에서 인사를 받아주었다. 여자 쪽은 무슨 상황인지 모르는 눈치다.

"찾으시던 물건은 찾으셨나요?"

결과는 어렴풋이 알고 있다. 하지만 훔쳐 들었다고 여겨지는 건 싫어서 일단 물어봤다.

"아니요."

상황 파악이 끝났는지 이번에는 여자 쪽에서 대답했다.

"아쉽네요."

유품은 원래 유가족의 것이니── 찾지 못했다면 아쉬울 따름이다.

"수고하세요."

"네, 수고하세요."

별 의미 없는 대화를 나누고 내 쪽에서 먼저 벽으로 붙었다.

그러곤 서로 갈 길을 갔다. 계단의 폭이 좁아서 남자의 어깨와 상자가 부딪쳤다.

하지만 둘 다 신경 쓰지는 않았다. 이 정도는 충분히 있을 수 있는 일이다.

빠른 걸음으로, 하지만 조심하면서 계단을 다 올라왔다.

확실히. 401호 주민이 불평할 만하다. 저번에도 봤지만, 가로로 길게 뻗은 복도다.

402호, 403호 중간에 계단이 자리잡고 있다. 401호 주민이 계단을 내려가기 위해선 반드시 402호 앞을 지나야 한다.

──아무리 그래도 현관문을 뚫고 냄새가 풍기나. 한여름이라도 그 정도는 아닐 텐데.

문 앞에 서서 손잡이를 돌렸다.

현관문은 닫혀 있었다. 당연하다. 열쇠는 내가 미리 받아두었으니.

"음…."

그러고 보니 그 사람들은 어떻게 집에 들어갈 수 있었을까. 생각할 수 있는 경우의 수는 많았다.

그래도 그중에서 가장 확률이 높은 수는──.

"여벌 열쇠를 맡길 정도의 사이였다."

간단한 문제다. 유품 중에서 찾고자 하는 물건이 있는데, 아마 가족 정도의 사이일 것이다.

열쇠 구멍에 열쇠를 꽂고 돌렸다. 문은 '끼익'이라는 의성어가 어울릴 만한 소리와 함께 열렸다.

열자마자 나를 반겨준 것은 냄새였다. 아까 그 사람들이 불평할 만도 하다.

내가 어느 정도 익숙해져 있기에 망정이지, 평범한 사람이라면 아까 같은 반응이 대다수일 것이다.

시체가 썩으며 단백질이 산화되는 과정에서 상당한 냄새가 나온다. ——이 일을 시작하기 전에는 몰랐던 사실이다. 여름일 경우에는 더욱 심하다.

방 안으로 들어왔다.

"오늘 안에는 못 끝내겠네."

하아, 오늘만 해도 벌써 두 번째 한숨이다. 안타까운 광경이다.

옷장은 활짝 열려 있었다. 원래 그 안을 채웠어야 할 이불이나 옷은 전부 마룻바닥 위에 늘어져 있다.

선반도 마찬가지다. 아예 서랍장이 자체가 빠져 있다.

바닥에는 검은 신발 자국이 가득하다. 이불 위에도 찍혀 있다.

——나 같으면 중요한 물건은 베개 안에 숨겨두지 않는다. 대체 왜 베개를 찢어놓은 건지.

덕분에 냄새를 빼기 위해 열어놓은 듯한 창문으로 들어온 바람이 깃털을 흩날리게 했다.

문자 그대로 난장판이다. 4층에 도둑이라도 든 모양이다.

나는 잠시 뒤를 돌아 복도를 봤다. 진정하자. 마음을 가다듬고 현관문을 닫았다.

——자주 봤잖아. 그냥 할 일이 조금 늘어난 것뿐이야. 안 그래?

"응, 알겠다고."

다시 한번 방 안을 둘러봤다. 유독 눈에 띄는 물건이 있었다. 탁자 위에 올려진 평범한 액자이다.

이 액자가 눈에 띄는 이유는—— 평범하기 때문이다.

딱 그 상황이다. 비정상인 두 명과 정상인 한 명이 있으면 정상인이 비정상인 취급을 받는 경우.

신발을 벗고 이불을 밟지 않게 조심하면서 탁자로 다가갔다. 그리고 액자를 집어 들었다.

"뭐, 그 사람들이 가져갈 리가 없겠지만."

시체 썩은 냄새를 뚫고 평소에는 찾아오지도 않던 어머니의 집을 방문한 이유는 아마 여기 있을 것이다.

──참으로 기분 나쁜 사진이다.

가족 사진인 주제에, 이렇게 아름다운 바다를 배경으로 하는 주제에, 정작 사람들의 표정은 이렇다니.

웃고 있는 사람은 단 한 명── 할머니뿐이다.

나머지 두 명은 뭐, 익숙한 얼굴이다. 조금 전에 실물로 봤는데 벌써 잊어버릴 수가 없다.

"가족 사진이라…."

과연 이게 가족인가?

빈말이라도 그렇다고는 못하겠다. ──물론 나는 평범한 가족에 대해서는 잘 모른다.

하지만 이런 건 가족이 아니다. 단언할 수 있다. 말로 표현하기는 어렵지만.

액자를 뒤집었다. 핀을 젖혀서 사진과 액자를 분리했다.

그 안에는 사진 말고도 다른 것이 있었다. 하얀색 봉투에 담긴 채로── 사진과 틀 사이에 가려져서 외부에서는 안 보인다.

두께는 그리 두껍지 않다. 봉투를 뒤집어서 내용물을 꺼냈다.

"통장."

그리고 약간의 현금.

이렇게나 찾기 쉬운 곳에 있는데——.

"지나친 거구나."

아니, 그 사람들에게 있어서는 오히려 이게 가장 찾기 어려운 방법임에 틀림없다.

짐승도 부모는 알아본다.

——그렇다면 그들은 대체 뭘까. 인간도 짐승도 아니라면.

지금 떠오르는 두 가지 선택지가 있다.

첫째, 지금 당장 연락해서 물건을 건네주는 방법. 아직 먼 곳까지는 가지 못했을 것이다. 충분히 가능하다.

둘째, 최소한 그것들 손에는 들어가지 않게 하는 방법.

나는——.

개인적으로 후자가 더 마음에 든다.

#2 지금이 일상이었다면

지옥 같은 여름도 이제는 끝이다.

저녁에는 선선하고 밤에는 쌀쌀하다. 옷이 길어지거나 두꺼워져야 감기에 걸리지 않을 날씨다.

"음…."

나는 어떤 옷을 입을지 고민하고 있다. 얼추 후보는 세 가지 정도로 추려졌다.

——딱히 상관없지 않나? 춥지 않을 정도의 따뜻한 상태를 유지한다면 뭐든 똑같을 것이다.

선택받지 못한 두 후보를 다시 옷장에 넣었다.

퇴근한 후 저녁 시간대에 이러고 있는 이유가 뭐냐 하면——.

저번에 만난 곳에서. 기다리고 있다.

몇 시간 전에 온 메시지 때문이다.

——그렇다. 목적은 친구를 만나기 위해서다.

이름은 이지훈. 고등학교 때부터의 인연이다.

서로 만나기 위해 매번 약속을 잡지는 않는다. 다만 언제나 갑작스럽게 지훈이 먼저 연락을 해온다.

기다리고 있다 하니 안 갈 수도 없다. 거절하면 마치 내가 다른 사람을 방치하는 것 같은 기분이 든다.

부디 나에게도 다른 일정이란 게 있을 수도 있다는 사실을 알아줬으면 한다. 물론 없지만.

예전에 이런 비슷한 이야기를 지훈에게 하니——.

'갑작스러워야 의미가 있는 거야.'

돌아온 대답은 이랬다.

'무슨 말이지.'

하고 한참을 고민했다. 덕분에 불판에 올려둔 고기가 탈 뻔했다.

아슬아슬하게 갈색빛인 고기를 뒤집은 다음 생각했다.

'굳이 알 필요가 있나.'

그때 깨달은 확실한 사실 한 가지가 있었다. 나에겐 선약 따위—— 없다.

투덜대지 말고 빨리 외출 준비를 하자.

이번에는 특히 주기가 길었다. 서로 할 이야기가 많이 모였으리라.

지훈이 기다리고 있는 장소까지는 걸어서 금방 도착한다.

유일한 친구가 기다리는 것이다. 냉큼 달려가야지.

고깃집 문을 열고 안으로 들어갔다. 고소한 냄새가 반겨 주었다.

요즘에는 직원이 직접 고기를 구워 주는 식당이 많이 생기는 듯하다.

저번에 지훈과 가봤었다.

——별로였다.

먹는 속도를 조절하지 못할 뿐더러 직원분이 상당히 신경 쓰여서 자유롭게 대화를 나누지도 못했다.

실패의 경험을 토대로 매번 만날 장소로 정하는 건 이곳이다.

대단한 이유가 있는 건 아니다. 가성비가 좋고 가깝기 때문이다.

——이 정도면 완벽한 것 아닌지?

나는 주위를 둘러봤다.

사실, 지훈이 어디에 앉아 있을지는 이미 알고 있다. 왠지 모르게 둘러보는 시늉이라고 하고 싶었다.

자리는 항상 창가 옆—— 지나가는 사람들이 보려고 하면 다 보이는 자리다.

지훈이 나를 알아봤다. 가볍게 손을 흔들고 있다.

좀 더 안쪽 자리가 좋다고 생각하는데.

"꽤 오랜만이네."

"그러게. 반년도 더 지났을걸?"

예전보단 만나는 주기가 훨씬 길어졌다. 지훈도 어지간히 바쁜 것이리라.

테이블은 이미 두 명에 맞춰서 세팅되어 있었다. 소주도 있다.

이제 고기를 시키기만 하면 된다.

"요즘은 어때?"

지훈이 물었다.

만날 때마다 대화의 시작 주제는 근황이다.

"변한 게 없어. 변할 것도 없고."

그래서일까―― 이 의미 없는 대화가 반가웠다. 비유하자면 정든 고향에 내려온 느낌이다.

"그러지 말고. 사소한 일이라도 상관없으니까."

사소한 일도 상관없다라.

"최근에 기부를 하긴 했어."

엄밀히 따지자면 내 돈은 아니었다. 주인이 있는 돈이긴 했지만 ―― 안 들키면 그만이다.

"음, 좋네. 좋은 일이야."

지훈은 만족스러워하는 것 같다.

내가 기부했다는 사실에 만족할 부분이 있나? 뭐가 좋다는 거지.

실로 이해하기 어려운 친구다.

친구라면 원래 다 이런 느낌인 건지―― 아니면 지훈이 이상할 뿐인 건지.

비교할 대상이 없으니 알 방법이 없다.

"너는 어떤데? 새로운 일, 없어?"

그러고 보니 근황을 되묻는 건 처음이었나.

"새로운 일이라고 하면 새로운 일이지."

"무슨 소리래."

"비슷한 일의 반복이지만, 실상은 전혀 다른 일이거든."

그러니까 굳이 비유하자면——.

"택배를 포장하는 작업은 똑같지만, 그 안의 내용물은 항상 다르다—— 같은 느낌?"

"얼추 맞아."

역시 난해하다.

하지만 딱히 상관없다. 어차피 사람이란 건 이해하기 어렵다. 말로 표현한다 한들 때때로는 빗나가기 마련이다.

소주 세 병 중에서 한 병의 뚜껑을 열었다.

미리 세 병을 시켜둔 이유는 서로가 취하지 않고 솔직해질 수 있는 최적의 양이기 때문이다.

지훈과 나 둘이서 실험을 해봤기 때문에 정확하다. 물론 개인차는 존재한다.

먼저 지훈의 잔을 채워주었다.

"음."

"또 왜 그래."

"방금 생겼어. 새로운 일."

"내가 근황을 묻는 게 그 정도로 새로울 일이야?"

지훈이 말없이 고개를 끄덕였다.

——왠지 열받는데.

그렇다면 나를 향한 새로운 일을 하나 만들어 볼까.

"무슨 일을 하는지 슬슬 알려줘도 괜찮지 않겠어—— 이지훈 씨?"

이 질문을 한 게 벌써 몇 년 전이다. 오늘이야말로 반드시 알아낸다.

"다 때가 있는 거야."

"그러시겠지."

사실 기대도 안 했다.

나는 그 시기가 언제인지를 알고 싶은 건데. 지금이면 더 좋고.

——정말로 의미 없는 대화다. 실은 당연히 없거니와 득도 없다.

"허무하네."

"에이."

쓴웃음을 지으며 지훈에게 병을 넘겨주었다.

그리고 잔을 들었다. 채워지는 걸 바라보면 묘한 기분이 든다.

——짠

가볍게 잔을 부딪쳤다. 처음은 당연히 한번에.

——요즘 소주는 도수가 약한가 보다. 특유의 기분 좋은 쌉싸름함이 없다.

"어떤 부위로 시킬래?"

지훈이 물었다.

능청스럽기는.

"이미 주문한 거 아니었어?"

"그렇긴 하지."

정말로—— 허무하다.

"드디어 가을이네."

"응, 그러네."

마침 입에 쌈을 물고 있었기에 대답하는 데 시간이 걸렸다.

"여름 동안 어땠어?"

——어땠냐니.

"여름이 빨리 오고 늦게 가니까. 심지어는 더 길어질 거고. 앞으로가 걱정이지."

"확실히. 가을도 조금만 더 있으면 지나갈 테니."

지훈은 예전에 내가 여름이라는 계절에 대한 고찰—— 즉, 불평을 한 걸 기억하고 있나 보다.

정말 가을도 이제 얼마 안 남았다. 춥고 건조한 겨울이 곧 시작된다. 미래에는 가을이라는 계절 자체가 사라질 수도 있으리라.

어렸을 때는 이러지 않았는데. 그 정도로 세상이 바뀌고 있다는 증거일 것이다.

"그런 뜻으로 물은 건 아니었는데."

"그럼?"

"기억나는 상황 같은 거."

이번 여름에 겪은 기억나는 현장이라.

——이때까지 매겨온 최악의 현장 TOP10의 순위를 바꿀 만한 일이 있긴 했다.

"고독사 현장이었어."

이것 자체는 흔하다.

"평소와 다른 점이라면 그 사람이 개를 키웠다는 것 정도."

지훈은 금방 눈치챌 것이다.

쌈이라도 만들면서 느긋하게 기다리자. 고기는 세 점 정도 넣고.

"찾아온 사람은?"

"없어."

마무리는 생마늘로.

"개를 집 안에 두고 주인이 죽었다. 챙겨줄 사람도, 찾아올 사람도 없으니 개는 자연스럽게 방치. 발견됐을 때는 이미 부패 후—— 정도려나."

"정답."

완성된 쌈을 입에 넣었다.

더 자세하게 말하자면 굶주림 때문에 발버둥친 개. 죽어가며 빠진 털. 집 전체에 뿌려진 오물. 커튼을 쳐놓았지만 창문이 열려 있었기에 들어와 버린 파리와 구더기—— 밥 먹는 중이니 그만하자.

"끔찍하네."

세세한 상황은 지훈의 머리 속에 대강 그려질 것이다.

그런 것까지 고려하고 뱉은 말이다. 결코 가벼운 위로 수준이 아니다.

"끔찍하지."

아무리 익숙해져 있다고 한들 최악은 최악이다. 충격받지는 않더라도 무언가 느껴지는 것은 있다.

고기를 새로 불판에 올렸다.

치이익 하는 소리와 함께 고소한 냄새가—— 나지는 않는다.

이미 코가 냄새에 적응했기 때문일까.

"개가 시체를 헤집어 놓았다던가?"

"거기서 끝이면 얼마나 좋았을까."

치워도 치워도 끝이 없었다.

분명 깔끔하게 청소했는데. ——나중에 한 소리 들었다.

"불쌍하네."

"개가?"

"아니, 둘 다."

"그러네. 개라도 살았으면 좋았을걸."

살아만 있으면 다음이 있다. 다음이 있으면 희망 또한 존재하리라.

입양을 보내든 보호소에 맡기든—— 선택지는 다양하다.

"하지만 행복하진 못하겠지."

지훈이 쓴웃음을 지었다.

"그런 기억을 가지고 살면."

언젠가 주인 잃은 개의 이야기를 들어본 적이 있다.

개는 충성스러운 동물이다. 주인의 빈자리가 크게 느껴지는 것도 당연할 것이다.

아무래도 내 생각이 짧았나 보다.

"물론, 상황에 따라서 다를 수도 있겠지만."

"다르다니?"

"과연 모든 주인이 착한 주인일 수 있을까."

──확실히, 그렇다.

"학대를 당했을 수도 있으니."

"정답이야."

잊고 있던 고기를 뒤집었다.

다행이다. 아직 타지는 않았다.

"어디까지나 가능성과 확률로 이뤄진 거야. 세상은."

비슷한 이야기를 지훈에게서 들은 적이 있다. 그 유명한 사고실험 ── 슈뢰딩거의 고양이다.

"이게 또 양자역학이랑 관련 있는데──."

"네네, 여기서 스탑."

뒷말을 끊었다. 지훈이 아쉬워하고 있다.

하지만 괜찮다. 모든 것은 그저 확률로만 존재할 뿐이다── 라는 이론을 이해하는 건 진즉에 포기했다.

사실, 살짝 이해한 느낌이 들기는 했었다. 나의 머리가 좋은 편이 아니라는 사실과 함께.

그리하여 한 가지 결론에 도달했다.

"이해 못 한다니까. 그런 거."

지훈과 대화할 때는 항상 이런 느낌이다. 수업을 듣고 있는 기분 이랄까.

"다른 가능성의 세계에서는 네가 그 직업을 안 가지고 있을지도 모르잖아?"

특수청소부가 아닌 내 모습이라.

──상상하기 힘들다. 어디선가 육체노동이라도 하고 있지 않을까.

이 직업을 선택한 것도 우연한 계기였을 뿐이고.

뭐, 그 계기가 없는 세상이었다면——— 아마 나는 없겠지.

"만족해?"

지훈이 물었다. 잔이 비어 있었다.

"만족하다니?"

소주병을 들었다. 이상하게 가볍다. 비어 있으니 당연하다.

벌써 세 병을 다 마셨나.

"지금에."

지훈이 질문 같지도 않은 질문을 한 건 내가 취직했을 때 이후로 처음인 것 같다.

———만족이라.

대답은 정해져 있다. 아마 지훈도 알고 있으리라.

"절대로. 할 수가 없지."

이런 현실에 대체 누가 만족한다고 당당하게 말할 수 있을까.

대체 누가 이런 걸 원할까.

하지만.

하지만, 그럼에도 나는———.

"어렸을 때 일. 알고 있어."

———그런 걸 내가 말했었던가.

"네가 취직한 기념으로 만났었지. 그때 들었어."

기억났다. 술에 취해서 신나게 떠들었었다.

나의 목표를.

나의 신념을.

"누군가에 대한 동경—— 좋은 동기라고 생각해."

나도 마찬가지다. 직업으로 삼기에는 썩 나쁘지 않은—— 아니, 오히려 훌륭한 동기다.

"하지만, 하지만 말이야."

그런데 지훈이 왜 이런 말을 하는 건지, 잘 모르겠다.

혹시 내가 실수했나.

"한 번 더 고려해 볼 수는 있잖아?"

역시 잔이 비면 섭하다. 새로 한 병을 주문해야겠다.

"이 길이 과연 내가 가도 괜찮은 길인지. 내가 버틸 수 있는 길인지."

직원이 보이지 않는다. 직접 꺼내오고 나중에 말해두면 괜찮을 것이다.

"결코 도달할 수 없는 목적지인지."

의자에서 일어나려고 하는 나의 팔을 지훈이 잡았다.

——아마 지훈은 이렇게 말하고 싶은 것이다. 너는 그 직업에 어울리지 않다—— 고.

나는——.

"딱히 그분처럼 되려는 건 아니야."

"거짓말."

——간파당했다.

"진짜야. 거짓말 아니야."

숨겨야 한다.

이 사람 앞에서는 모는 거짓과 진실이 꿰뚫리는 느낌이다. 하다못해 깊숙한 곳 어딘가에 잠가 놓아야 한다.

시간 벌이 정도는 될 것이다.

마음을 확인했다.

——음, 괜찮다. 아직 멀쩡하다. 들킬 일은 없다.

'이제부터라도 괜찮아.'

이런 다정한 목소리를 어디선가 들었었다.

'안 될 게 뭐가 있어?'

이런 따스한 목소리를 언젠가 들었던 기억이 난다.

지금 이 목소리가 떠오른 건 어째서일까.

목소리의 주인은 어떤 사람이었을까.

——애석하게도 기억해 낼 수가 없다.

그저 나를 구원해 주었던 그 사람이라면 지금의 나에게 이렇게 말해 주었을 것이다. 문득 그런 생각이 들었다.

"네가 괜찮다면, 괜찮겠지?"

말이 의문형으로 끝났다. 지훈도 확신하지 못한다는 걸까. 처음 있는 일인데.

숨긴 게 효과가 있었나 보다.

"그래서, 언제 놔줄 거야?"

아직 왼팔이 붙잡혀 있다. 지훈도 왼팔로 나를 잡아서 자세가 이상했다.

"…."

풀려났다.

팔이 아프다. 얼마나 세게 잡은 건지.

——정적. 분위기가 어색해졌다.

오늘은 왠지 새로운 일이 많이 일어난다. 기념일로 삼을까.

"아, 맞다."

이런 분위기를 먼저 깨뜨린 건 의외로 지훈이였다.

"소개팅, 할 생각 없어?"

지훈이 살짝 미소 지었다.

소개팅이라.

거절할 이유는?

──없다.

"할래. 소개팅."

"그럼, 다음 주 일요일. 장소는 메시지로 보낼게."

즉답이다. 마치 내가 수락할 것을 알고 있던 것만 같다.

처음부터 계획되어 있던 걸까.

"정말, 도저히 너는 못 따라잡겠네."

예상이라도 하지 않았다면 이런 속도는 말이 안 된다. 순수하게 감탄만 나온다.

"이런 경험도 있어야지. 여러 사람을 만나보면 바뀔 거야. 좋은 쪽으로든, 나쁜 쪽으로든."

말이 끝나자마자 문자를 받았다. 다음 주 소개팅을 할 장소의 위치가 하이퍼링크로 보내져 있었다.

클릭해서 들어가 봤다.

"와아."

나도 모르게 감탄이 나왔다.

식당── 은 아니다. 다방, 카페 정도의 느낌이다.

가게 내부 중앙에 단풍나무 한 그루가 있다. 주위를 유리로 된 벽으로 감싸놓았다.

아니, 애초에 건물 자체가 유리로 되어 있었다. 전기를 흘려보내면 불투명해지는, 그런 유리인 것 같다. 안정성을 위한 얇은 검은색 콘크리트와도 잘 어울렸다.

유리로 감싸져 있으면 그 내부의 관리는 어떻게 하는 거지. 애초에 진짜 나무가 아닐 수도 있다.

아무튼, 이런 낭만을 좇는 가게가 아직 있을 줄이야.

감탄했다. 가능하다면 자주 방문하고 싶다.

이런 분위기라면 물조차도 맛있게 느껴질지도 모른다. 정말로 그렇게 생각한다.

"멋지네. 보통 소개팅은 이런 곳에서 하는 거야?"

"글쎄? 나도 잘 몰라."

#3 하지만 이것이 일상이니

특수청소부를 시작한 지도 이제 6년이 돼간다.

취직한 지 얼마 안 됐을 때는 사무실에서만 일을 했었다. 이후에 현장 일을 지원했다.

이루고 싶은 사소한 바람이 있었다.

"처음이라고 긴장할 필요 없어."

"긴장, 안 했습니다."

잠시 옆자리를 봤다.

운전 중에 한눈을 팔면 안 되지만 어쩔 수 없었다. 평소의 지수 목소리가 아니었기 때문이다.

어떤 표정을 짓고 있을지―― 솔직히 말하자면 호기심이다.

"괜찮은 거 맞지?"

"네."

나는 주로 혼자서 일해 왔다.

팀으로 행동하지 않는 이유는 단순히 인원이 부족하기 때문이다.

힘든 일은 맞지만 그렇게까지 오래 걸리는 일은 아니다.

두 명이서 한 작업을 하는 것보다는 서로 흩어지는 게 효율적이다.

물론 혼자서 감당하기에는 힘든 일도 있다. 단체로 일한 경험도 꽤 많다.

그중에는 최악의 현장 TOP10에 들어가는 것도 있다.

현장 일을 시작한 지 일 년쯤 됐을 때다.

――적어도 외부는 평범한 집이었다. 악취에 익숙해져 있다고 생각했던 나를 반성하게 되는 시간이었다.

그 집 전체가 마치 쓰레기장 같았다. 심지어 좁은 집도 아니었다.

이 정도 크기의 저택이 어쩌다가 그 사달이 났는지―― 아직도 궁금하다.

아마 일을 시작한 지 얼마 안 됐을 무렵이라 더 끔찍한 기억으로 남은 것 같다.

그러고 보니 화재 현장도 담당했었다.

건물 한 채가 통으로 불타버렸었다. 그을린 시체흔을 치우는 건 이렇게나 힘든 일이구나── 하며 제대로 체험할 수 있었다.

"사무직 2년 경력이 있잖아. 익숙해졌을 거야."

"그렇…겠죠?"

지금은 나와 지수 둘이서 차를 타고 현장으로 이동하는 중이다.

사실 이번 일이 팀을 맺을 만한 일은 아니었다. 일종의 견학이다.

곧 있으면 현장 일을 담당하게 될 지수에게 경험을 쌓아두라는 지시가 내려왔다.

그래서 나와 동행하기로 했다.

"나도 처음으로 현장 일을 맡았을 때는 말이야──."

좋은 직장 상사는 부하직원의 긴장을 풀어 주는 법이다.

내가 훌륭한 직장 상사라는 건 아니지만── 흉내 정도는 내고 싶었다.

"선배?"

──이상하다.

"기억이 안 나네."

생각보다 일이 힘들었다고 지훈에게 하소연했던 건 기억하고 있다. 하지만 정작 그 내용이 기억나지 않는다.

다음에 만날 때 물어보자. 잊어버린 걸 보면 별일은 아니었겠지.

"음?"

잠시 지수의 얼굴을 봤다.

──소리 없이 웃고 있었다.

웃을 만한 부분이 있었던가. 아니면 내 표정이 너무 진지해서일까. 그것도 아니라면 긴장을 풀어 주려는 의도를 들켜버린 걸까.

어느 쪽이든 목적은 달성했다. 분위기를 잘 푼 것 같다.

"감사합니다. 선배."

"뭐가?"

"평소에도 여러모로 챙겨주셔서."

딱히 챙겨주진 않았다. 그 정도는 누구라도 할 수 있는 일이었다. 아마 지수 혼자서도 가능했으리라.

내가 생각하는 지수는── 그 정도로 대단한 사람이다. 배울 점이 참 많다.

"현장에선, 걱정 없겠네요."

가벼운 대화를 나누는 사이에 현장에 도착했다.

별 특별할 게 없어 보이는 건물이다.

──당연하다. 목적지는 지하에 있으니까.

곧바로 지하 주차장으로 내려가서 차를 댔다.

트렁크를 열었다. 익숙한 박스다. 이번에는 두 개다.

"하나 들어줄래?"

가벼운 쪽을 지수에게 내밀었다.

"네."

지하 특유의 냄새가 났다.

지금 있는 곳은 지하 2층, 한 층만 내려가면 현장이다.

문 앞에 '출입금지 POLICE LINE'이라는 바리게이트가 쳐져 있다.

천장에는 형광등도 없어서 밖에서 새어나오는 희미한 주차장 불빛에 의존해야 한다.

바리게이트를 옆으로 치웠다. 허가를 받고 왔기에 문제는 없다.

문 옆에 잠시 짐을 내려놓았다.

"으음."

지수가 얼굴을 살짝 찡그렸다.

아무리 그래도 문을 뚫고 여기까지 냄새가 풍기나?

잘 모르겠다. 내가 이상한 건가.

일단 문을 열었다.

──어둡다. 아무것도 안 보인다. 분명 오른쪽 벽에 전등 스위치가 있었을 텐데.

찾았다.

누르니 몇 초 뒤에 불이 켜졌다. 그리 밝지는 않았다.

"그럼, 들어갈까."

특이한 건 없다. 늘 보는 풍경이다.

익숙하다.

벽에 혈흔이 있다.

과산화수소와 함께라면 의외로 닦기 쉽다. 마지막 작업으로 지수에게 맡기면 될 것이다.

──아니, 같이 하는 게 좋겠다. 무엇을 위한 견학인데, 요령이라도 알려주자.

그렇다고 해서 처음부터 간단한 작업을 하면 안 된다. 오히려 마지막에 해야 한다.

정리하는 중에 흘려버릴지도 모르니.

"잠시, 실례하겠습니다."

돌아보니 이미 지수는 방을 나간 후였다. 계단을 올라가는 소리가 들린다.

화장실인가.

그럼 먼저 시작하고 있어야겠다. 지수의 첫 현장 일이니 빠르게 끝내는 것도 나쁘지 않다.

우선 토사물부터.

시체 자체는 없다. 경찰에 의하면 근처 강가에서 토막 난 채로 발견됐다는 듯하다.

사용된 물건이 그대로 방 안에 있었으니 범인을 잡는 건 시간문제라고도 덧붙였다.

중요한 증거물은 경찰이 가져갔다.

──남아 있는 건 별 게 없다는 뜻이다.

누군가를 올려둔 받침대. 그 위에 머리카락이나 치아 같은 게 남아 있다.

그리고 저건 실톱이다. 이딴 걸로 사람의 피부와 뼈를 자르려면 시간이 오래 걸린다. 비슷한 현장을 볼 기회가 있었기에 잘 알고 있다.

──계단을 내려오는 소리가 들렸다.

"선배."

"빨리 왔네."

정말로 그렇다.

엘리베이터가 없어서 올라가고 내려오는 데만 해도 지금보다는 시간이 더 걸리리라.

딱히 뛰어온 것 같지도 않다. 그저 안색이 안 좋을 뿐이다.

"타이밍 좋네. 마침 어떻게 정리할지, 구상을 다 끝낸 참이거든."

저번과는 다르게 이번에는 두 명이다. ——두 배까지는 아니더라도 혼자 하는 것보다는 훨씬 빠르게 정리될 것이다.

오늘은 집에 일찍 갈 수 있겠다. 조금 기분이 좋아졌다.

"어째서… 그런 표정을 짓고 계세요?"

표정—— 이라니.

내가 또 웃긴 표정을 지었나.

"이런 장소에서."

지금 이 장소에 문제가 있었던가.

——으음.

이럴 때는 지수의 시야에서 보는 내 모습을 상상해 보자.

복도는 주차장 불빛이 들어오고 있지만—— 여전히 어둡다.

끝자락에는 방 하나가 있다.

문 앞에는 경찰청의 바리게이트가 쳐져 있다. 지금은 옆으로 치워 둔 상태다.

내부는 전등을 켜도 그리 밝아지지는 않았다.

희미한 불빛을 의존해 나아가면—— 토막살인 현장이 반겨준다.

그리고 그것을 청소하기 위해 내가 있다.

——일찍 퇴근할 생각에 들떠 있는 내가.

"무슨 문제라도 있어?"

빠른 퇴근을 싫어할 직장인은 이 세상에 존재하지 않는다. 있다고 한다면—— 분명 정상인은 아니리라.

"그런 부분이 아니라…."

지수가 말을 흐렸다.

기다려 보자. 어차피 시간은 많다.

"죄송해요."

이번에는 고개를 숙였다.

"현장 일은—— 안 될 것 같아요."

그리고 천천히 몸을 돌렸다. 그 때문에 지수의 표정을 보지 못했다.

그쪽은 나가는 방향인데.

"관두고 싶어요."

"다시 사무직으로 돌아가는 거야?"

하긴, 처음부터 힘든 현장이긴 했다.

평범한 살인도 아닌 토막살인현장이라니. 여간 귀찮은 작업이 아니다.

"아니요."

그 말을 끝으로 지수는 천천히 밖을 향해 걸어나갔다.

나는 방 안에서 멍하게 지켜볼 수밖에 없었다. ——일을 어느 정도 끝내야 했기 때문이다.

전화를 걸어서 도와달라고 말해 볼까—— 라는 생각도 해봤지만 하지 않기로 했다.

"또 내가 실수를 한 모양인데."

이유는 몰라도—— 결과는 알고 있었으므로.

그에 따른 죄책감이 나를 덮쳤다. 깨끗한 백지를 흐려버린 기분이다.

——그럼 이걸 어쩐담.

"일찍 퇴근하긴 글렀네."

#4 결국 날개는

자정을 가뿐히 넘기고서야 집으로 돌아왔다.

피곤하다. 얼른 씻고 자고 싶다. 오늘은 더이상 못 움직인다.

―위이잉

주머니에서 꺼낸 뒤 침대에 던져 놓은 휴대폰에서 진동이 울렸다.

발신자는 이상원―― 상사다.

이 사람은 유독 대하기 어렵다. 그렇다고 무시할 수도 없는 노릇

이다.

없는 척이라도 해볼까―― 하는 고민 후에 전화를 받았다.

"여보세요?"

"세현씨, 대체 무슨 짓을 한 거야?"

스피커를 통해서 목소리가 흘러나왔다. ――짜증 가득한 목소리가.

"뭘 했길래 지수 씨가 갑자기 사죄를 해?"

"무슨 말씀이신지…."

"일 그만둔다더라. 자기가 알던 모습이랑 너무 다르다나 뭐라나."

"그러고 보니 비슷한 말을 하고 갔었네요."

"하아."

이건 깊은 한숨이다. 경험상 그렇다.

"일단 알겠어요. 자세한 이야기는 내일 만나서 합시다."

──끊겼다. 인사할 틈도 없었다.

오늘따라 실수가 잦은 느낌이다.

상관없다. 어차피 세상일이란 어떻게든 돌아가게 되어 있다.

그럼 이제 씻자.

──위이잉

또 진동 소리다.

샤워기 방향을 온수 쪽으로 돌렸다. 따뜻한 물이 나오려면 어느 정도 시간이 걸리리라.

확인하고 와도 늦지 않겠다.

침대에 엎어져 있는 휴대폰을 켰다.

. . . . ─ ─ . . .

| '메시지가 도착하였습니다.' |

| '눌러서 확인하기' | | '취소' |

휴대폰에는 알림이 와 있었다.

이런 건 본 기억이 없는데. 기본 메시지 앱에서는 이런 알림을 보내지 않는다.

머릿속으로는 출처를 의심하고 있었지만── 무언가에 홀린 듯 손은 이미 화면에 가 있었다.

비록 모든 것이 헛되고 헛되어 헛될지라도
우리는 지금의 오늘에 최선을 다해야 한다
비록 모든 것의 가치가 사라져 삶이 허무에 빠져도
우리는 스스로 가치를 만들어 내야 한다

이게 끝. 말 그대로 편지다. 보낸 사람도 받는 사람도 없는 편지.
깊게 생각할 필요는 없다. 어차피 누군가가 대충 지껄인 헛소리다.
대충 눈으로 훑어 읽었다.

──내 휴대폰의 보안 수준이 처참하다는 사실은 알 필요가 있을
지도 모른다.

"좀 위험한 앱인가."

악성 바이러스도 최소한 수상한 사이트에서 수상한 무언가를 클
릭해야지 설치될 것이다.

그런 행동을 한 기억은 없다. 대체 언제 해킹당한 거지.

공용 와이파이인가?

"초기화해야겠네."

대개 전자기기의 이런 문제는 초기화를 하면 해결된다. 중요한 정
보가 들어 있는 것도 아니다.

이 방법이 가장 간단한 방법이다.

──자고로 문제를 해결하는 가장 간단한 방법이 가장 쉬운 방법
이다. 평소 일을 하면서 깨달은 것이다.

휴대폰을 가볍게 침대에 던졌다. 이미 샤워기에서는 뜨거운 온수
가 나오고 있을 것이다.

—위이잉

또, 또 진동이다.

이제는 슬슬 짜증나려 한다. 몇 번을 해야 만족할는지.

· · · · ─ ─ · · ·

| '메시지가 도착하였습니다.' |

| '눌러서 확인하기' | | '취소' |

──역시나.

무슨 소리를 지껄여 났을지 참으로 궁금하다. 뭔지 구경이라도 해
보자.

어떤 이들은
'모든 것은 헛되고 의미가 없으니
그 무엇도 하지 않겠다.'고 말한다
자신의 허무와 인생에 대해서 능동적일지 수동적일지
그것 또한 본인이 판단해야 하는 추구해야 하는 가치다
본인이 결정하는 선택이다
하지만 선택에 책임을 지는 건 본인의 인생, 그 자체다
스스로가 무엇인지, 무엇을 할지, 무엇이 되고 싶은지는
자신이 직접 찾아야 한다

"하아."

그래, 한 번쯤은 읽어 주자.

이 정도로 관심을 주지 않으면 보낸 사람이 내심 서운하겠지.

이전에 온 메시지를 눌렀다.

비록 모든 것이 헛되고 헛되어 헛될지라도

우리는 지금의 오늘에 최선을 다해야 한다

비록 모든 것의 가치가 사라져 삶이 허무에 빠져도

우리는 스스로 가치를 만들어 내야 한다

──두 번째로 온 메시지.

어떤 이들은

'모든 것은 헛되고 의미가 없으니

그 무엇도 하지 않겠다.'고 말한다

자신의 허무와 인생에 대해서 능동적일지 수동적일지

그것 또한 본인이 판단해야 하는, 추구해야 하는 가치다

본인이 결정하는 선택이다

하지만 선택에 책임을 지는 건 본인의 인생, 그 자체다

스스로가 무엇인지, 무엇을 할지, 무엇이 되고 싶은지는

자신이 직접 찾아야 한다

다시 한번 찬찬히 읽어봤다. 이 안에 담겨 있는 뜻을 찾기 위해서.

두 번째 문장, '지금의 오늘에 최선을 다해야 한다.'—— 뻔한 내용이다.

"조금은 생각해 볼까."

심심풀이 정도는 될 것이다. 손해 보는 것도 없다.

모든 것이 헛되다. 이 말에는 전적으로 동의한다. 언젠가는 끝을 맞이할 텐데 치는 이유가 있을까.

내가 가치를 만들어 낸다 한들 그것 또한 마찬가지로 헛된 것이다. 편지는 자기 논리를 자기가 부정하고 있다. 모순투성이다.

——허무와 인생에 대해서 능동적일지 수동적일지를 선택하라고?

"선택, 선택이라."

음, 내가 최근에 한 자의적인 선택 하나가 있었다. 특히나 더 무더웠던 올여름.

나는 그 사람들을 도와주지 않았다. 그들이 잘못된 길로 빠져가는 모습을, 나는 지켜만 봤다. 방관했다. 그렇다고 해서 내가 그들을 도와주었어야 했나?

아니다. 결코 아니다. 하긴 유품은 유가족의 것이다. 유가족들이 가질 수 있는 당연한 권리다. 하지만 나는 그 권리를 모른 체했다. 유품을 전해 주지 않았다. 유산을 전해 주지 않았다. 어째서라고 묻는다면 대답은 간단하다. 단순히 그들이 마음에 들지 않았으니까. 말을 들으면서, 행동을 보면서, 느끼고 이해하려 했다. 그것 또한 헛된 일이었다. 나는 그 사람들을 전혀 이해할 수 없었다. 대화가 안 통하는 짐승을 이해하려는 느낌이었다. 아, 짐승은 적어도 부모는 알아보던가. 아무튼 그런 것들을 보면서 내가 느낀 감정들만으로도 나의 행동에는 정당성이 부여될 것이다. 다름 아닌 현장에 있던 내가 보증한다. 누구라도 나와 같은 상황에서는 비슷한 선택을 했을 거라고 확신한다. 처음으로 그런 것들을 보면서 느꼈었던 건, 나의 빈약한 어휘력으로는 도저히 형용할 수가 없을 것 같다. 떠오르는 단어들. 동정, 슬픔, 괴로움, 혐오, 분노 같은 걸로는 부족하다. 그 너머에 존재하는 무언가였다. 하지만 지금 와서 되돌아보면? 딱히 아무것도 느껴지지 않는다. 별생각도 안 든다. 집이 마치 쓰레기장이 되어버린 광경을 보면서 나는 귀찮은 일이 늘어났을 뿐이라고 생각했다. 처음과는 확연히 다르다. 그 정도로 내가 변했다는 증거다. 모든 것은 헛되고 헛되도다. 이 얼마나 좋은 말일까. 지금의 나와 어울리는 말이다. 아무리 내가 그분에게 구원을 받았다고 한들, 아무리 희망을 되찾았다고 한들, 현재의 내 모습은 구원받은 사람과는 동떨어져 있다. 오히려 저주받은 사람이다. 결국 구원은 헛되었다. 모든 것의 가치가 사라져 허무에 빠졌다. 문자 그대로다. 읽어보길 잘했다. 공감할 수 있다. 덕분에 생각이 정리되는 느낌이다. 하지만 지금의 오늘에 최선을 다해야 한다는 소리는 도저히 이해할 수가 없다. 아까도 생각했지만 최선을 다할지언정 이 문장의 논리대로라면 최선 또한 모든 것에 포함되기에 마찬가지로 헛된 것이기 때문이다. 설령 최선을 다해서 결과를 낸다고 한들 그것조차 허무하다. 자기 논리를 자기가 부정하고 있다. 그 증거로써 여기에 내가 존재한다. 지금의 내가 있다. 산증인이 있다. 아주 생생하게, 실감나게 표현할 수 있다. 이 사실을 알면서도 스스로 가치를 만들어 내라고? 웃기는 소리. 가치를 만들어 낸다 한들 그 자체가 허무하고도 헛된 것이다. 그렇다면 나는 대체 무엇을 위해서 살아가고 있는 거지? 아, 생각났다. 행복해지기 위해서 살아가자고 마음먹었다. 타인이 봤을 때 지금 나의 상황은 과연 행복과 가깝다고 할 수 있을까. 아마도 아니다. 저번에 만났던 지훈과 오늘 만난 지수의 반응을 보고 충분히 알 수 있다. 분명 나는 평범한 행복과는 동떨어져 있다고 추론할 수 있다. 아니, 이미 알고 있었는지도 모른다. 어째서 지금까지 눈치채지 못한 거지. 인생에서 타인의 시선 따위는 중요하지 않다고 하지만, 그럼에도 내가 타인의 입장에서 나를 마주한다면 지금의 나는 비참하기 그지없다. 내가 이런 생각을 하는데 다른 사람이야 오죽할까. 참으로 끔찍하다. 나를 걱정해 주고, 나를 위해서 화를 내주는 상황에서도 나는 그 친구들의 행동을 이해할 수 없었다. 처음에는 나름대로 신념을 가지고 일을 시작했었다. 사소한 구원일지라도 마치 나를 구원했던 그분처럼, 내가 남에게 베풀어줄 수 있었다면 그걸로 만족했을 것이다. 세상을 살아가기 위해서 스스로 가치를 만들어 낼 수 있었을 것이다. 그런 결심을 하고 난 뒤에 나는 현실과 마주했다. 그딴 일은 일어나지 않았다. 절망적인 상황에서 도움의 손길을 내밀어 주는 영웅은 순수했던 아이의 망상을 뿐이었다. 단 한 번, 단 한 번이라도 그런 일이 일어났다면 나는 분명 나의 신념을 끝까지 관철했을 것이다. 어쩌면 그분이라면 같은 상황에서도 누군가를 구원했을지도 모른다. 하지만 나는 그분이 아니다. 부모 잃은 아이를 구원해 주신 그분처럼은 절대로 될 수 없다. 흉내조차 내지 못한다. 인정하자. 나는 서투르다. 이해하기도 전에 현실에 적응해 버렸으니. 하지만 이제 와서 이해한다고 한들 아무 의미가 없다. 물론, 이런 생각이 나의 한계일지도 모른다. 하지만 바꿔서 말하면 지금이 나의 끝이다. 나의 최선인 것이다. 그렇다면 이걸로 충분하잖아. 결국 최선 또한 헛되니까. 그 최선을, 한계를 극복하려는 행위도 마찬가지로 헛되다. 극복하는 과정에서 무엇이 기다리고 있을지도 모르는데. 미지의 공포를 경험할 바엔 차라리 안전한 땅 위에서 평생을 보내고 싶다. 분명 그편이 행복하리라. 부모보다 그의 재산이 중요한 인간을 보면서 나는 어떤 생각을 했었지? 배고픔에 못 이겨 주인의 시체를 뜯어먹은 개를 보면서, 그 지경이 될 때까지 찾아와 주는 이가 단 한 명도 없었다는 걸 깨달았을 때 나는 무엇을 느꼈었지? 분명히 내 안에 존재했었던 신념과 가치는 어디로 가버린 거지? 그래, 애초에 이 일을 시작한 게 원인이고 잘못이다. 애타게 찾던 원인이 바로 옆에 있었다. 원인을 제거해 버리면 당연히 결과도 사라질 것이다. 대게 문제를 해결하는 가장 간단한 방법이 가장 좋은 방법이다. 이쯤 했으면 충분하잖아. 나는 노력했다. 허무에 빠졌어도 그 가치를 찾아내기 위해서 발버둥쳤다. 응, 그거면 됐다. 이제는 아무래도 좋다. 전부 버리자. 아아, 이제야 지수의 말을 이해한 것 같다. 본래의 의도와 다른 해석일지라도 상관없다. 더이상 지수를 만날 기회는 없을 것이다. 초기화를 하면 연락처도 사라진다. 연락할 수도 없다. 그 말의 의미를 물어볼 수도 없다. 설령 물어본다고 한들 헛되다. 스스로가 무엇인지는 자신이 직접 찾아야 하니까. 나의 해석은 나만의 것이다. 다른 사람이 침범할 공간은 없다. 의미가 없다. 정말로 공감한다. 아무런 가치를 발견하지 못했으니. 오늘 지수는 일을 그만뒀다. 그래, 왜 그 생각을 못했지. 진즉에 끝냈으면 됐을 이야긴데.

이제부터라도 괜찮다.

안 될 게 뭐가 있어?

──그러니까 메시지에 답장은 이렇게 보내는 게 좋겠다.

깨달았어

스스로 가치를 찾아냈어

네 덕분이야

마음에 새겨둘게

평생 잊지 않아

애초에 올 때부터 발신인과 수신인이 없었다. 내가 누군지 밝히지 않아도 괜찮으리라.

그럼 이제 휴대폰을 초기화하자.

──아니, 우선 씻는 게 우선이다.

아직도 샤워기에서는 물이 나오고 있다. 빨리 가봐야 한다.

"피곤해…."

침대에 누웠다. 몸이 따끈따끈하다.

평소에는 항상 아침 5시 30분에 울리는 휴대폰을 머리맡에 놓고 잤었다.

휴대폰을 초기화하면서 설정해 둔 알림이 다 사라졌다.

──상관없다. 오늘부터 치워버릴 예정이었으니까.

일석이조다.

시끄럽게 울리는 휴대폰도, 내일 다가올 현실도── 더는 생각하기 싫다.

나 하나쯤 없어도 직장은 잘 굴러갈 것이다.

──머리가 아프다. 생각을 너무 많이 했나.

그래도 괜찮다. 덕분에 풀리지 않을 것만 같은 문제의 답을 낼 수 있었으니.

지금은 이 아픔도 하나의 쾌락으로 받아들일 수 있다.

#5 찢어졌다

이제 낮이 되면 슬슬 더워지기 시작한다. 벌써 그런 계절인가.

─딩동

그리고 아까부터 울리는 초인종 소리. 나의 잠을 깨운 결정적 원인이다.

대체 누가 온 거지.

──찾아올 사람은 없다. 유일한 친구인 지훈은 내 집을 찾아오지 않는다. 애초에 주소도 모를 것이다.

가족? ──그런 건 없다.

배달을 시킨 것도 아니다.

이런 생각을 할 시간에 문을 열고 확인하는 편이 효율적이리라.

이불을 걷어내고 침대에서 일어났다.

"아."

쓰레기통이 엎어졌다. 바닥에 널려 있는 봉지 때문에 발을 디딜 틈이 없어서 그렇다.

결심했다. 조만간에는 반드시 집을 청소할 것이다. ——진짜로.

조심해서 현관문으로 향했다.

"아무도 없잖아."

문을 열어보니 아무도 없었다.

혹시나 싶어서 주위를 둘러봤다. 역시나 아무도 없었다.

지금은 모두가 회사나 학교 등으로 집을 비웠을 시간대이다.

——다시 집으로 들어가자. 누군지를 찾아봐야 의미가 없다.

"택배…인가."

현관문 앞에 작은 택배 상자가 놓여 있었다. 아주 가벼웠다. 뭘 주문한 기억은 없는데.

받는 사람은 내 주소와 내 이름이 맞다. 하지만 보내는 사람은 공란이다.

어찌 된 일이람.

일단 집으로 들고 왔다. 나에게 온 택배이니 뜯어도 별문제는 없을 것이다.

뜯어보자.

"음."

——커터칼이 어디 있더라.

마침 얼룩 묻은 가위가 테이블 위에 놓여 있었다.

"가위여도 상관없나."

날을 벌려서 커터칼마냥 테이핑을 끊었다. 택배를 여는 순간은 항상 설렌다.

──별게 없다.

파란색 바탕에 하얀 날개가 그려져 있는 엽서 한 장, 그리고 펜던트. 빨간 보석이 박혀 있었다.

아이들이 가지고 노는 장난감이다. 당연히 진짜 보석은 아닐 것이다. 그건 그렇다고 쳐도 퀄리티는 상당히 아쉽다.

남은 건 엽서다.

──뭐라도 적혀 있겠지.

감사합니다
희망을 주셔서
구원해 주셔서

희망── 이라니. 대체 무슨 소린지.

구원? 그런 행동을 한 기억은 없는데.

──설마.

"하, 하하⋯."

그렇다면 나는 대체──.

그리고 새는 생각한다.

애초에——사람의 몸으로는 날 수 없는 것이다. 이때까지 수많은 사람들이 하늘을 날기 위해 시도했고, 실패했다.

하지만 그럼에도 결국 날 수 있게 되지 않았냐고, 진심으로 그렇게 묻는다면.

대답하리라.

——그게 뭐가 어쨌다고.

여전히 인류는 외부의 도움을 받지 않는 이상, 스스로 날 수는 없다.

온갖 수란 수는 다 써가며 도달한 것이 지금이다. 그 이상, 그 이하도 아니다.

빛나는 것들을 싸그리 모아 한데 합치고, 부정한 것들을 통해 이륙한 비행이다.

"그렇게 아름다운걸──."

어떻게 따라할 수 있겠냐고.

그저 바라만 볼 수밖에 없다.

그것 말고는 할 수 있는 게 없었다.

이상에 다가가기 위해 시도한 모든 것은 실패했다.

결과만을 중요시하는 관점으로는 애초에 일어나지도 않은 ── 헛되고 헛된 것일 뿐.

하늘을 날기 위해 깃털을 모았던 그 '새'는──.

간신히 새장을 빠져나갔다.

그리고 절망했다.

세상이란 새장의 연속이었음으로.

탈출한다 한들 그다음이 준비된── 끝없는 새장 속에 갇혀 있을 뿐이었다고.

새는 희망이란 단지 저주였다는 것을 깨달았다.

그렇기에 독을 제거했다.

자의인지 타의인지조차 모를── 공들여 만든 날개가 언젠가부터 찢겨 있는 모습을 보면서.

──후회했다.

이후 새로운 원망의 원인을 그 외의 것들에게 떠넘긴 새는————.

어떻게 되었을까요.

안녕하십니까.

#0 처음으로 하는 소개팅

#1 반면 일상적인 풍경

#2 지금이 일상이었다면

#3 하지만 이것이 일상이니

#4 결국 날개는

#5 찢어졌다

후기

합쳐서 '찢긴 날개', 읽어 주셔서 감사합니다.

열린 결말에 대한 여러분의 생각은 어떠신지요.

100% 그렇다고 확신할 수는 없지만, 적어도 글을 쓰는 입장에서는 아주 좋습니다.

'결국 무슨 내용이냐.' 하는 질문들이 떠올라 덧붙입니다.

'나도 잘 모르겠다.'

이상, 대답입니다.

사실 정확히 말하자면 '무슨 내용인지 콕 집어서 말하고 싶지 않다.'입니다. 하고 싶은 걸 다 집어넣다 보니 스토리가 난잡해졌네요.

단순히 '어떤 이야기였다.'라고 말했을 때 '그런 이야기였어?'라는
반응을 보고 싶지 않았을 뿐일지도요.

그 하고 싶은 게 무엇이었는지 궁금하시다면 책을 덮고 다시 한번
되돌아와 주시길.

희미하게나마 알아주신다면 기쁘겠습니다.

월념

박주희

#pro1 카세트테이프

어서 오세요, 당신의 카세트테이프를 수리해드립니다.

'월넘'

특별한 삶을 산 망자들이 가는 저승 길목에 조그마한 찻집에서 이 이야기는 시작한다.

죽은 자들은 저승에 오자마자 작은 카세트테이프를 받는다.

자신의 인생 일부가 녹화된 테이프이고, 그 사람이 살아생전에 가지고 있는 기억으로만 제작된다. 이 테이프는 저승으로 오르는 길에 감상할 수 있다. 당사자가 잃어버린 기억은 검붉게 탄 필름의 한 부분으로 자리하거나 늘어나서 음질이 흐려진다. 이외에도 필름이 끊기거나 고장나는 경우도 종종 있다. 저승으로 가는 그 길고 긴 길, 테이프를 한번 돌려보고도 눈앞이 까마득할 정도로 길이 남아 있다. 그래서 저승으로 가는 그 길가엔 테이프를 고쳐준다는, 작은 찻집이 있다. 대부분의 망자들은 이곳을 지나쳐 가지만, 그렇지 않은 사람도 존재했기에 이 찻집은 항상 초롱등을 달아두고 망자들을 반긴다. 대부분의 날들, 월넘은 대체로 한가한 편이다. 창밖에서 안을 들여다보니, 월넘은 아침 영업을 준비하려는 건지 분주히 움직인다. 손님이 그리 많지 않음에도 불구하고 한 명, 한 명 소중히 접대하기 위해, 아늑하고 포근해 보이는 외관의 찻집은 오늘도, 어김없이, 이른 아침부터 영업을 시작한다.

#1 토끼와 앨리스

오늘도 찾아올 손님을 위해 어두운 저승길을 초롱불로 밝히는 점장 에밋은 미소 지으며 출근한 오웬과 가벼운 담소를 나누었다.
"오웬, 그래서 파브로랑 같이 안 온 거야?"
"파브로가 어제 온 손님의 카세트테이프를 복구하느라 바쁘다고 그러더라고요. 저도 손님이라도 있었으면 좋으련만."

"하긴, 행복한 기억을 잊는 것은 흔하지 않으니까."

그건 또 그렇다. 미소 짓는 오웬을 보던 에밋은 딸랑, 거리는 맑은 종소리에 손님이 왔다는 것을 눈치채고 오웬에게 눈치를 준다. 오웬은 영업 시작이다! 라고, 소리치며 직원들을 부르러 갔고, 에밋은 손님을 맞이한다.

"어서 오세요, 손님. 찻집 월넘입니다."

에밋의 친절한 응대에 손님으로 온 한 여학생은 수줍게 테이프를 내밀었다.

"이소은, 18살. 시계 토끼."

테이프에 쓰여 있는 제목을 읽은 에밋은 여학생을 창가 자리에 앉힌 후에 차 한잔을 대접하며 그녀에게 묻는다.

"찾고 싶은 기억의 감정이 어떻게 되나요?"

여학생은 잠깐 고민하다가, 에밋의 말에 대답한다.

"화가 조금 나고 슬퍼요. 근데 제가 잊으면 안 되는 기억 같아요. 분명히 소중한 기억일 거예요. 그런 느낌이 강하게 들어요."

테이프를 분리한 에밋은 앞부분이 타버린 것을 보고 어느새 와서 청소를 시작한 오와 치를 부른다. 그들에게 테이프를 넘기고 그들의 일을 넘겨받아서는 청소를 시작하는 에밋. 오와 치는 테이프를 유심히 보다가 이내 앞주머니에 달린 막대로 필름을 피고 가루를 뿌린다. 노란 불빛이 그들의 앞에 보였고, 노란 불빛은 긴 스크린이 되어서는 오와 치, 그리고 여학생을 걸고 아무것도 없는 공간에 데려간다. 노란 불빛은 그들에게 한 여자아이의 이야기를 상영하기 시작한다.

토끼 인형을 든 아이는 파란 원피스를 입고 소풍을 즐기고 있다. 울창하고 푸른 나무와 파릇파릇한 새싹, 그리고 향기로운 꽃들 사이, 하얀 민들레 홀씨를 따라 뛰어가던 아이 앞에는 어느새 바다가 있었다. 토끼 인형은 회중시계를 든 토끼로 변해서는 물결이 그림을 그리는 모래사장으로 아이를 이끈다. 토끼의 발자국을, 꼬리가 달리고 귀가 달린 토끼의 뒷모습을 홀린 듯이 따라가자, 토끼는 그녀에게 말을 건넨다.

"바다로 들어가면 답이 있어. 진실을 모른 척하지 마."

아이는 잠시 갸우뚱하더니 이내 고개를 끄덕였다. 연한 파란빛을 가진 바다는 아이가 발을 담그자마자 적색으로 변하더니 화면은 가정집으로 전환되어서는 선반에서 아이 방의 내부를 내려보고 있는 구도였다. 곧이어 방 안을 시끄럽게 들이닥치는 하트 병정들이 아이를 움직일 수 없게 고정해 버리고, 하트로 치장한 한 여인이 아이의 앞에서 핑크빛 하키채를 휘두른다. 하키채는 금방이라도 아이를 후려칠 듯 위협적이었고, 아이는 눈을 질끈 감은 상태였다. 하키채는 불행하게도 아이의 머리에 닿고, 다시 바다에 반쯤 잠긴 듯한 시선으로 장면이 전환된다. 혼란스러워하며 제 머리를 매만지는 아이에게, 토끼는 다가와 아이를 안아준다.

"바다에서 본 것을 기억해?"

아이는 말없이 끄덕이고, 토끼는 아이에게 시계를 쥐여 주면서 말을 이어간다. 아이는 고사리 같은 손으로 시계를 꼭 쥐고 토끼의 말을 귀담아듣는다.

"진실을 위해 나아가. 이 기억을 완전히 잊으면…

너는 너로서 삶을 살아갈 수 없어."

토끼는 아이의 머리를 쓸어주고는 세게, 꼭 안아주었다. 아이도 토끼의 따뜻한 품에 한참을 안겨 있었다. 이내 둘은 떨어지고 토끼는 아이에게 회중시계를 가리키며 방금 한 말을 꼭 기억하라는 눈빛을 보냈다. 그리고 뒤를 돌아가는 토끼, 소녀는 회중시계를 쳐다보다 뒤에 붙은 쪽지를 발견한다.

인생이 반짝임으로 채워지는 것 같다가도 다시 좌절을 맛보게 될 거야. 하지만 반대로 생각해 보면 그렇게 맛 본 좌절도 인생이 되는 거란다. 좌절, 고통 같은 것들은 다 나중에 더 행복해지기 위한 수단이야. 그러니 넌 진실을 좇으며 행복만 바라. 조금 더 커서, 어른이 되면 이 말도 이해할 수 있게 될 거야. 그때가 되면 네가 나를 기억하지 못할지도 모르겠네. 우리 멋지게 커서 꼭 다시 만나자.

쪽지를 읽은 아이의 표정이 모호하다.

벌써 저만치 멀어진 토끼를 아이는 불러세워 묻는다.

"너는 어디로 가는 거야?"

그 말을 들은 토끼는 뒤를 돌아 아이에게 미소를 지으며 말한다.

"도와줘야 할 아이들이 있어. 이 세상에는 내가 도와야 할 아이들이 아직 많아."

그러고는 유유히 얕은 바다로 걸어나가고, 블랙아웃. 바로 보이는 것은 찻집이었다. 소녀는 어느새 눈물을 흘리고 있었고, 그녀의 손에는 회중시계가 들려 있었다. 소녀는 매고 있던 가방에 달린 토끼를 매만지고는 입꼬리를 쓱, 올린다.

"카세트테이프 여기 있습니다."

치는 소녀에게 카세트테이프를 쥐여 준다. 그녀가 의뢰했던 부분인 불탄 부분이 말끔히 바뀌어져 있었다. 온전히 돌아온 그 기억, 예쁜 미소를 가진 소녀는 차를 마시며 회중시계를 쳐다보고는 카세트테이프를 가방에 넣는다.

"이 기억 때문에 제가 정의로움을 추구하던 거였을까요.

제 죽음이 누군가에겐 도움이 되었으면 좋겠네요."

오와 치는 소녀의 말을 잘 이해하지 못한 듯 고개를 갸우뚱했다. 이를 눈치챈 소녀는 자신의 사연을 얘기하려는지 숨을 한번 크게 들이마셨다.

"진실을 밝히려다가 이렇게 됐거든요."

도희가 죽었다.

사인은 자살, 학교 옥상에서 떨어져서 즉사.

과연 자살이 맞았을까?

아니다. 도희의 자살은 사실일 수가 없다. 소은이는 알았다.

도희는 절대 자살할 아이가 아니라는 것을. 이건 조작된 거라고. 누군가의 배후가 존재했다고.

사건이 일어나기 하루 전, 둘은 새끼손가락을 걸고 약속했다.
"우리 성공해서 쟤들보다 나은 사람이 되는 거야. 약속."

나는 조퇴증을 끊고 학교를 나왔다. 그리고 곧장 도희네 집으로 향했다. 초인종을 눌러봐도 아무 대답이 없었다. 그러자 옆집에서 집주인이 나와 나를 쳐다보았다.
"거기 어제 이사갔슈."
이사를 했다니. 자기 딸은 죽었는데 이사를 했다니.
"혹시 어디로 이사 갔는지 알 수 있을까요?"
"그걸 내가 어떻게 알어. 이짝 딸이랑 친구 아녀? 전화해서 물어보등가."
"이 집 딸이 죽었어요, 오늘."
내 이야기를 들은 그 할머니의 표정은 급격하게 어두워졌다.
"결국 그 사달이 났나 보구만."
작게 읊조렸지만 내 귀에는 너무나 선명히 들렸다.
"그 사달이라뇨? 무슨 일인데요?"
나는 집 안으로 들어가려는 할머니의 바짓가랑이를 붙잡고 애원했다. 그때 난, 어쩌면 이 할머니가 이 사건을 해결해 줄 수 있을지도 모른다고 생각했던 모양이다.

사실 도희는 왕따당하던 학생이었다. 내가 전학 첫날부터 눈치챌 수 있었을 정도로 유명한 왕따. 그래서 이 사건은 제법 그럴듯해 보였다. 왕따를 당하던 학생이 자살. 뻔한 이야기니까. 하지만 적어도 내가 아는 도희는 약한 아이가 아니었다. 그러니까, 따돌림 정도로 죽을 아이는 아니었다는 것이다. 고작, 정도라는 말로 왕따를 정당화하려는 것은 아니다. 그냥 그 아이에겐 더 중요한 게 있었다.

할머니는 도희네 아버지가 얼마 전 거액의 돈을 받은 것 같다고 이야기했다.

"한 달 전인가? 그 양반 웬일로 웃으면서 집에 들어오니께. 물어봤지. 그러더니 갑자기 지가 부자가 됐다더니 빚을 다 갚았다니 그러길래 기냥 넘겼는데 다음 달부터 방을 뺀다고 하는 거야. 그때도 좀 쎄하기는 했지…."

그 돈은 분명 도희의 죽음의 대가였을 거다.

강원준. 내 머릿속에 그 이름이 떠올랐다.

대기업 대표의 아들이자, 왕따 주도자.

불과 얼마 전, 강원준네 아버지가 학교에 왔었다. 사고가 있었지, 아마. 8반의 어떤 애를 폭행하다가 그 애가 구급차를 타고 응급실로 실려 간 일.

그날은 몸이 좋지 않아 조퇴를 했다. 그러다 우연히 들었다.

"회사 이미지 망가트리려고 이래? 너 학교에서 매일 이러는 건 아니지? 제발 아빠 실망하게 하지 좀 마."

가로등 뒤, 두 부자가 하는 이야기를. 그리고 오늘도. 학교에 와서 교장실로 들어가는 것을 보았다. 분명 사람이 죽었는데 교장과 그는 웃으며 악수했다.

"아, 그 집 한번 들어가볼텨? 뭐라도 나올지 모르니까는…."

할머니의 목소리가 들려서야 꼬리에 꼬리를 물던 생각을 멈출 수 있었다.

"네."

내 대답에 할머니는 열쇠를 가지러 가시고, 나는 이 상황을 이해할 수 있도록 머리에서 정리하려 애썼다.

"보고 문은 그냥 열어두고 가면 되야. 아, 그리고 짐 몇 개 안 빠진 거 있을 거야 그건 다음 주에 가지러 온다 그랬으니 그냥 두면 뎌."

"감사합니다. 들어가세요."

현관문에 신발을 벗어놓고, 집 안으로 들어갔다. 신발장에서부터 신문지와 먼지가 쌓여 있었다. 지저분한 부엌을 지나치고 문 앞부터 거미줄이 쳐진 화장실을 지나치니 작은 방 하나가 보였다. 도희와 동생의 방인 듯, 조금은 유치해 보이는 벽지가 남아 있었다. 가구가 빠진 벽지엔 곰팡이가 잔뜩 슬어 있었고 쿰쿰한 냄새가 코를 찔러왔다. 소매로 입과 코를 막으며 다시 거실로 나왔다.

커튼이 달려 있었을 창문 밑 구석, 신문지들 사이에 봉투가 하나 보였다. 나는 그 봉투를 꺼내 열었다. 그 봉투 안에는 계약서 한 장이 들어 있었다.

비밀 유지 계약서

TH 기업 대표 강태훈(이하 '갑'이라 한다)과
김주덕(이하 '을'이라 한다)은 아래와 같이 계약을 체결한다.

제1조(계약의 목적)

- 본 계약은 '갑'과 '을'이 아래에 명시된 일을 비밀로 유지하기 위하여 본 계약을 체결한다.

제2조(비밀정보의 정의)

- '갑'과 '을' 사이 주고받은 모든 계약과 대화를 비밀정보로 정의한다.

...

제7조(손해배상, 위약 벌)

- 이전 계약에서의 '갑'이 '을'에게 증여했던 토지와 현금 2억 원을 회수한다.
- '갑'은 '을'에게 손해배상으로 현금 2억 원의 두 배를 요구할 수 있다.

...

제13조(보칙)

- '갑'과 '을'은 본 협약의 성립을 증명하기 위하여 본 협약서 2부를 작성하여 서명(또는 날인)한 후 각자 1부씩 보관한다.
- '갑'은 본 협약서를 전자 파일로도 1부 보관할 의무를 지며 이도 법적 효력을 가졌음을 명시한다.

20XX년 O월 A일

갑(강태훈)
을(김주덕)

상단, 그리고 하단에 박힌 이름은 강원준 아버지, 김도희 아버지
였다.

이전 계약? 이전계약서를 찾아야 했다. 하지만 집안을 두 시간 가
량 뒤졌지만, 아무것도 찾지 못했다. 나는 가방에서 포스트잇을 꺼
내 메모 하나를 적어 집주인 할머니네 문 앞에 두고 사거리에 있는
경찰서로 향했다.

하지만 달라지는 건 없었다.

오히려 일이 꼬였다.

다음날 하교를 하는데, 제 앞으로 검은색 승용차 하나가 멈춰 섰다.

"얘기 좀 할 수 있을까?"

그날 밤 나는 죽었다.

소은이가 죽고 이틀 뒤, 경찰서에는 한 할머니가 찾아왔다. 할머니
의 손에는 포스트잇이 붙여진 갈색 봉투가 들려 있었다.

소은이가 경찰서로 갔던 날 들고 간 건 무엇이었을까?

그 뒤 일은 일사천리로 해결되었다. 소은이가 죽었다는 걸 이상하
게 생각하던 친구들, SNS를 통해 여러 루머가 퍼져나갔다. 그러다
도희가 죽은 날 소은이가 도희네 집을 찾아갔다는 걸 목격했다는 목
격자도 나왔고, 퍼즐을 맞추듯 사람들은 여러 가지 가정을 해 추리
해 나갔다. 그러다 강원준이라는 이름이 대두되고, 강원준이 TH 기

업의 대표 아들이라는 사실까지 알려졌다.

이 모든 게 하루 만에 일어난 것이다.

TH 기업에는 압수수색 영장이 떨어졌고, 전자문서에서 계약서를 발견했다.

강태훈이 김주덕을 고용한 계약서와. 강태훈이 고용한 사람이 김주덕의 딸 김도희를 살해함에 동의하고 현금 2억 원과 땅을 받게 된 계약서를.

소은이가 그날 경찰서에 들고 갔던 건 다름 아닌 도희의 동생 연희의 사망보험가입서였다. 소희에게는 그 무엇보다 가장 소중했던 동생 연희의 사망보험가입서. 돈맛을 본 아버지는 며칠 만에 연희의 사망보험을 4개나 들었다. 이거라면 보험사기 의심으로 신고를 접수할 수 있을 거라는 생각에 경찰서로 갔던 것이다. 다행히 8년 전에도 비슷한 전과가 있었다.

"그래도 기억을 찾았으니 이제 온전히 길을 떠날 수 있을 것 같아요. 감사합니다."

감사 인사를 남긴 소녀는 찻집을 나선다. 소녀가 나가자 월넘식구들은 안타까움에 아무 말 없이 제자리를 찾아간다. 점장 에밋은 오와치에게 수고했다는 말을 전하고 장부에 이름을 남긴다.

이소은, 시계 토끼. 과꽃 차 대접. 치와 우.

창문 사이로 씩씩하게 걸어가는 소녀가 보였다. 손에는 여전히 회중시계를 소중히 쥐고 있었다. 테이프에서 본 그 고사리 같은 손으로. 지금, 이 순간만큼 소녀의 모습은 영락없는 어린아이처럼 보였다. 그 모습을 본 에밋은 오와 치를 불러 같이 구경하다 소녀가 그들의 시야에서 사라지고 나서야 다시 제자리로 돌아가 각자의 일을 본다.

#2 꿈 속의 놀이공원

느지막한 저녁, 두어 명의 손님이 더 지나가고 월넘은 조용했다. 작은 찻집인 만큼, 또 저승으로 가는 길목에 있는 만큼 원래 손님이 드문 찻집이지만 오늘도 어김없이 점장 에밋과 오웬, 그리고 파브로가 접시와 찻잔을 씻고 테이프를 수리할 도구들을 정리하며 찻집의 저녁 영업을 준비하고 있다. 그때 30대 정도로 보이는 한 남성이 들어왔다.

"어서 오세요, 월넘입니다."

에밋은 친절하게 그를 맞이하였고 그는 카세트테이프를 오웬에게 건넨다. 파브로는 약속이라도 한 듯이 손님에게 내드릴 찻잔과 접시를 마련하기 위해 설거지를 끝낸 접시와 찻잔을 마른 수건으로 닦는다.

"카세트테이프는 탄 곳이 없는데 기록되지 않은 기억이 있어요."

에밋은 그의 말에 유심히 테이프를 살펴본다. 필름은 말끔했고, 주요 기억은 다 들어가 있었다. 에밋은 그를 중앙 테이블 쪽 자리로 옮기고, 작은 스크린을 그의 앞에 띄우고는 찻잔을 건네어 준다. 하얀색에 작은 파랑새가 그려진 찻잔이었고, 사과 청을 조금 덜어내고 뜨거운 물을 부어 사과차를 만들어 준다. 달콤한 향이 올라오자, 에밋은 그의 앞쪽으로 찻잔을 밀어 주며 말했다.

"차를 천천히 마시면서 기록되지 않은 부분을 천천히 떠올려 주세요."

남자는 고개를 끄덕이고는 차를 천천히 들이킨다.

작은 스크린에 흐릿한 화면이 뜨면서 찻잔을 든 그의 앞으로 낡은 놀이공원이 보인다.

눈을 감자 보이는 커다랗고 반짝이는 관람차, 행복했던 기억들. 그런 휘황찬란한 놀이기구와 행복은, 단지 한때의 유희에 불과했다.

삐걱거리는 하늘색 회전 그네가 위로 비쳐 올랐다. 좌우로 움직일 때마다 휘청거리면서 스릴감을 자극했던 놀이공원의 기구는 쇠가 녹아 날 선 갈색빛이 흐트러져 보였다.

주위에 있던 놀이공원 역시 깔끔했던 모습은 사라지고, 빛바랜 흑백사진처럼 보였다. 마치 무서운 폐놀이공원을 연상시키는 것 같기도 했다. 주위를 둘러보다 바로 앞에 회전목마가 보였다. 그는 회전목마 가까이 발걸음을 옮겼다. 눈 앞에 놓인 회전목마에 그의 손이 닿으려 하는 순간, 순식간에 놀이기구는 사라졌다.

또 다른 풍경, 꿈인지 현실에서 봤던 건지 익숙한 놀이공원엔 아무 사람도 존재하지 않는다.

그의 손에 아스라이 닿으면 금방 으스러질 듯한 롤러코스터 레일, 커다란 랜드처럼 보이던 놀이공원은 낡아 아무도 찾지 않는 폐허가 되었다. 그런 그의 눈엔 무언가 들어왔다.

밝게 웃으며 무언가 타며 즐기고 있는 어린 소년을, 빛바랜 추억처럼 쳐다보고 있는 건 눈시울이 아려올 정도의 애틋한 추억이 되었다.

여기 왔는지, 아니면 꿈에서 봤는지도 모를 놀이공원에서, 난 눈물을 지으며 추억을 서서 바라보고 있었다. 빛바랜 추억에 손을 내밀 때, 매몰찬 한 연인의 이별처럼 순식간에 없어지고, 혼자만 남았다.

그리고 밝고 활기차던 곳이 조그만 미물에 불과한 건지 허탈하게 다가왔다. 빛바랜 추억이 부서지자 한 성이 무너지는 것이 눈에 스치었다. 하나의 빛바랜 추억이 그의 앞에서 무너졌다. 쾌쾌한 먼지 냄새와 공허한 공기가 그의 주위를 감쌌다.

또다시 블랙아웃.

행복해 보이는 큰 돔이 둘러싼 놀이공원. 새하얀 불꽃이 터져 나오고 퍼레이드가 한창이다. 아이들과 남녀노소 가리지 않고 퍼레이드를 즐긴다. 그때 화면을 채우는 한 아이, 그 어린 소년은 그 광경을 보면서 웃어 보인다.

그때 실내 자이로드롭에서 떨어지는 무언가. 그 순간 아수라장이 되고 바로 전 화려하고 신나던 퍼레이드는 순식간에 사라졌다. 먼지와 소음으로 정신이 없는 와중에 이도 저도 못 하고 어리바리하는 사람들, 소년은 풍선을 쥔 채로 마구 달리다 없어지면서 화면 전환.

어린 시절 썼던 방, 로봇이 그려진 파란색 벽지.

방문 너머로 엄마가 소년을 부르는 목소리가 들린다.

"휘온아, 일어나서 밥 먹어야지."

에밋은 테이프를 꺼낸다.

"이것이 기록되지 않은 이유입니다. 기억은 때로 꿈의 영향을 받기도 합니다. 이런 경우는 저희 가게에서는 도와줄 수 없습니다. 죄송합니다, 고객님."

에밋은 착잡한 표정으로 그에게 결과를 이야기해 주고 오웬은 그에게 카세트테이프를 건네어 준다. 남자는 실망한 듯 카세트테이프를 손에 쥐었다. 그 모습을 안타깝게 보던 에밋은 잠시 고민하고는 조심스럽게 말을 꺼낸다.

"한 가지 방법이 있기는 합니다만."

"무슨 방법이죠?"

실망한 모습 다분하던 그의 얼굴이 순식간에 환하게 변했다.

하지만 에밋은 대답을 망설였다. 이 상황을 해결하기 위한 방법으로는 생전에 그 남자의 이야기를 들은 누군가가 필요했기 때문이다.

"사람이 필요해요. 당신의 이 이야기를 들었던 누군가가. 이 이야기를 들은 사람은 당신과의 대화를 기억하고 있을지도 몰라요. 그렇다면 그 기억을 테이프에 새길 수 있어요."

에밋의 말을 들은 남자는 카세트테이프를 손에 들고 한참 동안을 생각했다. 그러다 결심한 듯한 표정을 하고는 에밋에게 말했다.

"저도 여기서 일할 수 있을까요? 꿈의 기억을 찾는 사람들을 돕고 싶어요. 아직은 저승에 가고 싶지 않기도 하고요. 그 사람을 기다리고 싶습니다."

에밋은 오웬이 쓴 장부를 바라다본다.

김휘온. 놀이공원. 사과차.

"당신의 이름을 버려야 합니다. 카세트테이프도 저승길로 떠날 때까진 볼 수 없고요."

"그 사람을 기다릴 수만 있다면 상관없습니다. 그렇게 해주세요."

남자는 굳은 결심을 한 듯 에밋을 바라다보고, 오웬은 그들이 입은 유니폼을 그에게 건네며 미소 짓는다.

"직원이 된 것을 환영합니다. 당신의 이름은 몽입니다."

에밋이 몽에게 전하는 말에 오웬은 웃으며 덧붙였다.

"분명 즐거운 일들이 많을 겁니다. 제가 장담할 수 있어요. 우리가 생각하지 못할 정도로 신기하고 특별한 경험을 한 사람들의 이야기들을 엿볼 수 있거든요."

새로운 직원이 된 몽을 둘러싸고 에밋과 오웬, 오와 치, 파브로는 대화를 이어 나갔다. 그리고 파브로의 주도하에 월넘의 새 식구를 맞이하기 위한 기념 촬영까지 했다. 오와 치의 약자 옆에 하나의 액자가 놓였다. 이름, 몽.

그렇게 월넘은 그날의 영업을 종료했다. 새 직원이 생겼고, 내일의 손님을 기다리면서 말이다.

#3 RE : 나에게

끼익. 낡은 문이 열리는 소리와 함께 유니폼으로 갈아입은 몽이 나온다. 그리고 딸랑거리는 종소리와 함께 상점 문을 연다. 그렇게 새로운 하루가 시작되었다. 점장 에밋은 늘 그랬듯이 상점 문을 열고 초롱등을 달았다. 오웬은 에밋을 뒤따라 close가 쓰여 있는 팻말을 뒤집어 open으로 바꾸었다. 혹시 몰라 야간에 찾아오는 손님들을 위해서는 가게 앞에 탁자를 두고 작은 등과 함께 예약 명부를 배치해 둔다. 월넘은 가게 오픈과 동시에 명부를 확인하고 탁자와 등을 다시 가게 안으로 가져오는 일을 오와 치가 한다.

월넘의 오전은 아주 한가했다. 파브로가 카세트테이프를 다 고쳤다며 연락이 왔고, 곧 가게로 온다는 말에 에밋은 손님을 월넘으로 불러냈다.

수리가 완료된 카세트테이프를 건네받은 그 여자는 에밋에게 확인해 보고 싶다는 눈짓을 보내와 상영할 수 있는 공간으로 안내해 줬다.

그 이후로 점심 전까지는 가게 창문으로 지나가는 사람들을 한참 구경할 뿐이다.

오후 1시, 점심을 먹기 위해 월넘의 식구가 한데 모였다. 모여서 담소를 나누며 서로와 더 가까워지는 시간을 가졌다. 아, 찻집인 만큼 식사 후 티 타임을 가지는 것도 빼먹지 않았다.

자리를 정리하며 다시 영업을 준비하던 월넘에 한 여자가 들어왔다.

"어서 오세요, 월념입니다. 무엇을 도와드릴까요?"

에밋의 말에 모두가 바삐 움직이며 제자리를 찾아갔다.

그 여자는 자기 손에 든 박스를 탁자에 내려놓았다.

에밋과 오웬, 그리고 오와 치는 당황함을 감추지 못했다. 언뜻 봐도 열 개쯤은 되어 보이는 카세트테이프들이 박스에 한가득 담겨 있었다. 손님도 머쓱한지 머리를 긁적이며 웃음을 보였다. 에밋은 당황함도 잠시 그 여자의 카세트테이프를 보고 이름과 나이를 읽었다.

"이아랑. 35세…."

카세트테이프별로 쓰여 있는 키워드가 달라 차마 이름과 나이를 제외하고는 읽지 못했다.

"무슨 일로 저희를 찾아오셨나요?"

"이 테이프를 돌려보아야 제가 원하는 답을 얻을 수 있을 것 같아서, 그래서 찾아왔어요. 보이다시피 제 모습이 35살이 아니잖아요?"

그 여자의 말이 맞았다. 누가 봐도 교복 차림에 수수하고 청초한 여학생의 모습이었다.

에밋은 알겠다고 답하며 이 카세트테이프를 다 볼 수 있도록 방을 따로 마련해 주겠다고 말했다. 에밋은 오웬에게 가게 일을 넘기고 오와 치에게 말을 잘 들으라며 신신당부하고는 손님을 구석에 있는 빈방으로 안내했다.

"손님 같은 경우는 처음 봐요. 카세트테이프 3개까지는 봤는데…."

그렇게 에밋은 상영을 위한 세팅을 마치고 손님과 소파에 앉았다. 그리고 테이프를 재생했다.

그날은 유난히 하늘이 흐렸던 여름이었다.

4월 13일, 엄마가 세상을 떠났다.

어머니의 부고 문자를 받아 오전에 교문을 나섰다.

비가 오려는지 구름이 잔뜩 낀 하늘을 쳐다보며 버스에 올라탔다. 분명 하늘은 눈물을 흘리려 하는데 왜 나는 별로 슬프지 않은 건지. 그냥 공허한 감정만 느껴졌다.

장례식장에 도착하자마자 상주복으로 갈아입고 정신없이 손님들을 맞았다. 친척들을 제외하고는 대부분의 손님이 교회 사람들이었다. 그들은 모두 감사하게도 우리 엄마를 위해 기도를 올려주셨다.

그렇게 3일간의 고생 끝에 집에 들어와 기절하듯이 잠들었다.

다음 날, 학교에 가니 내 사정을 들으신 담임선생님께서 나를 따로 부르셨다. 교무실에 들어서니 담임선생님이 손을 휘저으며 이리로 오라는 눈빛을 보냈다. 안타까운 표정으로 나를 걱정하는 것처럼 동정하는 게 역했지만 참았다. 괜찮다며 웃어넘기고 그렇게 무슨 말을 했는지도 기억이 나지 않는 상담이 끝이 났다. 말이 상담이지 실상 지적 허영심에 들어찬 담임의 이야기를 들은 것뿐이었다.

아빠는 얼마 지나지 않아 새로운 사람들을 집에 데려왔다. 그 후로 내가 이모라 부르는 사람과 그 사람의 딸을 꽤 자주 봤다. 외식하자며 나간 자리엔 항상 그들이 있었고, 주말에 학원을 마치고 저녁이 되어 집에 들어가면 어김없이 그들이 있었다.

아빠가 미웠다. 아니 증오스러웠다. 애초에 엄마가 자살한 이유도 아빠 때문이었으니까. 아빠가 바람난 걸 알게 된 엄마가 스스로 목숨을 끊었기에. 그럼에도 난 아빠에게 화를 내지 못했다. 하나뿐인 가족마저 잃기가 두려워서, 그래서 아무렇지 않은 척했던 걸까.

그렇게 저 혼자만 숨 막히는 삶이 나날이 이어졌다. 머리를 식힐 겸 옥상에 바람을 쐬러 올라간 날, 치마 주머니에 있는 담뱃갑을 닳도록 매만졌다. 수십 번 고민하던 뇌가 멈췄다. 주머니에서 담배를 꺼내 들고 하나를 물어 라이터에 불을 붙이는 장면이 클로즈업되었다.
"이래도 되려나."
어차피 옥상 열쇠를 가지고 있는 학생은 없을 테니 딱히 걱정할 필요가 없었다.
익숙하게 메시지창에 들어가 문자를 썼다 지우기만 반복했다. 어차피 답신이 오지 않을 건데 뭘 하러 고민하는 건지. 그냥 보내자.

-보고 싶어.

그 문자 위로는 답장이 오지 않는 메시지들이 보였다. 학교에서 무슨 일이 있었는지, 시험은 어땠는지. 그런 평범하고도 평범하기 그지없는 메시지들이 가득했다.
그때 옥상 문이 열렸다. 그리고 한 학생이 걸어 저에게 다가왔다. 서윤하. 그 이름표가 화면을 채웠다. 그리고 이어지는 윤하의 말.
"라이터 좀 빌려줄래?"
나는 흔쾌히 라이터를 건네줬다. 내 말에 고맙다는 인사와 함께 이름을 물어왔다.

"이아랑."

내 이름을 들은 그 아이의 표정은 조금 어려웠다. 분명 내 이름을 아는 것 같은 표정이었는데 이어지는 말은 없었고, 무언가 할 말이 있어 보였다. 상대방이 말이 없으면 내가 먼저 물어보는 게 맞겠지.

"나 알아?"

"알면?"

"아는 것 같은 표정이라 물어본 거야."

"너를 어떻게 몰라. 전교 1등이잖아."

너도 나에게 실망했을까. 그냥 속으로 그렇게 생각했다.

그냥 웃어 보였다. 내가 지은 웃음은 오늘 일을 모른 척해달라는 무언의 눈치기도 했다.

어색함에 무슨 말이라도 해야 하나 싶은 찰나, 윤하가 입을 열었다.

"나는 부모가 없어."

나는 그냥 윤하의 말을 들어주었다.

중학생 때 이혼을 한 부모, 그런 부모 밑에서 컸으니 자기는 당연히 가정교육을 제대로 못 받았고 공부 따위는 안중에도 없이 컸다고 말했다. 그렇게 나쁜 길로 빠졌고 더는 되돌릴 수 없는 것 같아 막막함도 느끼는데 난 자기와는 달라 보였단다.

"너는? 비밀 같은 거 없냐. 나도 깠는데 너도 뭐 하나 까야지. 뭐 싫으면 말고."

내 비밀이라, 지금 생각나는 건 하나밖에 없었다. 그리고 어차피 다시 볼 사이도 아닌 것 같으니 그냥 감정 쓰레기통인 셈 치고 말하자.

"엄마가 죽었어, 얼마 전에."

아빠가 바람난 거 알고 엄마가 자살했어. 아빠는 엄마 죽고 얼마 뒤에 그 여자를 우리 집에 데려왔고, 난 그 아줌마 그리고 그 아줌마의 딸이랑 같이 살아.

"그 목걸이는 뭐야?"

그게 내 이야기를 들은 윤하의 질문이었다.

"아니, 볼 때마다 계속 차고 있길래 의미 있는 건가 해서. 그냥 종교 때문에 계속 차고 있는 것 같지는 않아 보였어."

이 목걸이는 엄마가 줬던 거였다. 내 생일, 예배가 끝나고 엄마랑 데이트했던 날. 조용한 찻집에서 나는 케모마일 티를, 엄마는 커피를 마시면서 직접 채워 줬던 십자가가 그려진 목걸이.

"엄마가 줬어. 생일선물로."

그 말을 끝으로 쉬는 시간이 끝남을 알리는 종이 쳤다. 우리는 아무 말 없이 각자의 교실로 발걸음을 옮겼다.

아, 라는 탄식 소리가 들렸다.

나는 윤하의 외마디에 뒤를 돌아보았다. 그러자 눈이 마주쳤고, 윤하는 말했다.

"담배 끊어."

그 말에 뭐라 할 말이 없었다.

자기도 피면서. 아니, 방금까지 나랑 같이 핀 주제에.

"담배로 해결할 수 있는 건 아무것도 없거든."

나는 정규 수업이 끝나고 버스정류장으로 갔다. 그때 진동과 함께 휴대전화 화면이 반짝였다.

. . . ▬ . . .

| '누군가로부터, 메시지 한 통이 도착했습니다.' |

| '눌러서 확인하기' |
| '취소' |

나는 그 알림을 눌렀다.
공지 사항이 적혀 있었다. X 창을 눌러 닫았다.
그러자 짧은 메시지 같은 편지가 보였다.

– 추억이 있는 장소를 찾아가 봐.
네가 원하는 걸 발견할 수 있을 거야.

나는 직감적으로 알았다. 이 메시지가 엄마, 아니 엄마와 관련되어
있다는 것을. 나는 재빨리 답장을 보냈다.

– 누구세요?

[경고 1회. 상대방의 개인 정보를 알려고 해선 안 됩니다.]
추억이 있는 장소라는 말에 바로 교회로 와버렸다. 어디로 가야 할

지 한참을 고민하다가 고등부실 창고로 향했다. 그곳에서 이상하게 사진첩 하나가 눈에 띄었다. 홀린 듯이 그것을 집어 들어 펼쳤다. 그곳에는 색이 바랜 편지 봉투 하나가 팔랑거리며 내 발 앞에 떨어졌다. 편지 봉투에는 엄마와 같이 찍은 사진들과 함께 예쁜 필체로 적힌 짧은 편지 한 장이 들어 있었다.

사랑하는 내 딸 아랑아, 생일 축하한다.
부디 예쁘고 밝은 아이로 자라주길 바라 아랑으로 지었는데 이름 뜻대로 잘 키 준 것 같아 너무너무 고맙고 대견해. 엄마는 우리 딸이 행복하기만 하면 되니 하고 싶은 거 다 해. 항상 응원한다.

2022. 09. 04

쓰인 날짜는 작년 내 생일이었다. 생일선물로 목걸이를 받았던 날, 같이 주려던 편지였나 보다.

나는 의아했다. 여기에 편지가 있다는 것을 어떻게 알았을까. 아니 이걸 알고 있는 사람은 도대체 누구인 걸까. 나는 메일을 다시 확인해 봤지만, 발신자가 익명으로 떴기에 찾을 수 없었다.

하지만 내 나름대로 누군지 추측, 아니 특정할 수 있었다. 엄마가 죽었다는 것을 아는 사람은 단 한 사람뿐이었다. 서윤하. 개밖에 없었다. 그때 옥상에서 만났을 때, 분명 내 목걸이에 관해 물었다. 무언가 머릿속에서 퍼즐이 맞춰지는 듯했다.

다음날, 학교에 가자마자 윤하를 찾았다. 하지만 찾아갈 때마다 아직 학교에 오지 않았다는 말만 전해 들을 수 있었다. 이게 몇 번째 인지 거의 반 포기 상태로 계단을 내려가던 중 내가 그토록 찾던 얼굴이 보였다.

"나랑 얘기 좀 할 수 있을까?"

편지 이야기를 꺼냈지만, 윤하는 초면인 눈치였다. 그럼 도대체 이 편지는 누가 보낸 것일까.

페이드 아웃되며,

비디오는 순식간에 서윤하의 시점으로 바뀌었다.

아랑이를 쳐다보고 있는 윤하가 보인다.

윤하에게 아랑이는 옆 반 개. 에 불과했다. 원래 다른 사람에겐 눈길도 주지 않는 윤하였는데. 그날의 아랑이를 본 이후로는 눈길을 줄 수밖에 없었다. 별거 아닌 것에도 웃어주는 사람은 겉으로는 밝아 보여도 깊은 내면에 외로움을 지니고 있다. 윤하의 눈에 아랑이가 딱 그래 보였던 것 같다. 멀리서 보이던 그 아이는 완만한 친구 관계에, 선생님들과도 잘 지냈다. 우리가 이상적으로 생각하는 부족한 것 하나 없는 모범생. 그런데, 윤하가 본 아랑이는 그런 모범생과는 괴리가 있어 보였다. 골목길을 주회하다 윤하는 아랑이를 본 적이 있었다. 손에는 담뱃갑을 들고, 입에는 담배 한 대를 물고. 눈은 공허해 보였다. 다시 말해, 삶의 의욕을 잃은 듯해 보였다.

그날 이후 이름도 모르는 옆 반 개가 신경 쓰였다. 학교에 갔더니 그 애의 이름을 알 수 있었다. 옥상으로 올라가는 그 애를 봤다. 따라 올라갔다.

또다시 블랙아웃.

메일이 오는 알람 소리, 키보드 위 건반을 치듯 움직이는 아랑이의 손가락.

화면에는 편지 내용과 함께 한 여자의 음성이 흘러나왔다.

– 내가 누군지 궁금하죠? 그래도 너무 알고 싶어 하지는 말아요. 언젠가, 아니 머지않은 미래에 알게 될 거예요. 그러니 내가 누군지 알게 될 때까지 열심히 살아요. 힘든 사람들은 위로해 주고, 도움이 필요한 사람에겐 먼저 손 내밀고, 그렇게 멋진 사람으로 성장하길 바랄게요. 분명 당신은 그렇게 될 거예요. 제가 당신을 제일 잘 알기에 확신해요. 이게 제가 당신에게 보내는 마지막 편지입니다. 이 편지를 끝으로 우리는 서로를 마음속에서 추억하며 살아요.

그렇게 편지를 읽는 내레이션이 끝나고, 바닥에 버려진 담뱃갑이 보인다. 그러고는 화면에 노이즈가 꼈다. 플래시백, 다시 밝아진 화면에는 대학생이 된 아랑이의 모습이 보였다.

무거운 전공책들. 그리고 넓은 강의실에서 강의를 듣는 아랑이의 모습을 보여준다.

다시 페이드 아웃, 페이드 인.

아랑이의 앞에는 고등학생 한 명이 보인다.

"쉼터에 자리 마련해 줄 때까지만 우리 집에서 지내."

"제발 저 좀 가만히 놔둘 수 없어요?"

짜증을 내며 아랑이의 손을 뿌리치는 사람의 이름은 정연우. 짧은 치마에 진한 화장, 규정에 맞지 않는 밝은 머리색을 한 여학생이었다. 말 그대로 비행 청소년.

"선생님은 아무것도 모르잖아요."

아랑이는 그 말을 끝으로 멀어져가는 연우를 바라보는 것밖에 할 수 없었다.

다음날, 아랑이에게 전화가 왔다. 연우의 담임 선생님으로부터 온 전화였다.

"네, 죄송합니다. 제가 꼭 당부하도록 하겠습니다."

그렇게 고개를 조아리다 교무실에서 나온 나를 기다리던 건 다름 아닌 연우였다.

"연우야 들었지, 정말 안 돼 이젠. 출석 일수는 맞추자 제발. 너희 어머니 소원이어서 알잖아. 너도."

연우의 눈빛이 조금은 흔들리는 게 보였다.

"쉼터 자리 났어. 오늘부터 거기서 지내면 돼."

아무래도 안 되겠다. 우물쭈물하는 걸 보니 쉼터로 가지 않을 게 분명했다.

"오늘은 우리 집 가자. 재워줄게."

"아니요. 저 가야 할 데가 있어서 먼저 가세요. 진짜 갔다가 바로 선생님 집 갈게요."

그 말이 거짓말이 아니라는 것은 금방 알아챌 수 있었다. 그 갈 곳을 나는 알았다.

"거기, 태워줄 테니까 같이 가자."

평소라면 혼자 가겠다고 벌써 도망갔을 텐데, 웬일로 순순히 제 옆에 타는 연우였다.

"안전벨트 매고."

우리 둘은 아무 말 없이 20분을 달렸다. 그렇게 도착한 곳에서 둘은 내렸다. 병원 계단을 올라 3층에 도착했을 때가 되어서야 둘 사이에 정적이 깨졌다.

"먼저 가볼래?"

"됐어요. 그냥 같이 가요."

병실 문을 열자, 커튼이 열려 있는 구석 침대에 익숙한 얼굴이 보였다.

"연우? 뭐 한다고 여길 왔어…."

"뭐 한다고 오긴. 나 안 온 지 오래됐어."

연우의 말이 맞았다. 내가 알기로는 거의 반년 만에 찾는 병실이었다. 뒤따라 들어오는 나를 보고 어머니께서 미안하고 고마운 표정을 하셨다.

"연우가 자주 오진 않아도 보고 싶어 했을걸요."

그건 연우의 휴대전화 배경 화면만 봐도 알 수 있었다.

나는 둘이 얘기할 수 있도록 인사만 하고 휴게실로 향했다. 자판기에서 커피 하나와 비타민 음료 하나를 뽑았다. 커피는 그 자리에서 따 마셨고, 비타민 음료를 주머니에 대충 쑤셔 넣었다.

"얘기 다 했어?"

"이거 선생한테 매번 고마워서 어째."

"뭘요, 이게 제 일인데요."

"너 선생님 말씀 잘 들어. 선생님 힘들게 하지 말고."

"아, 알았어. 내가 애야?"

연우의 말에 나와 어머니는 웃음을 내뱉었다.

집으로 가는 차 안에서 둘은 이야기를 이어 나갔다. 한 달에 한 번씩 연우 어머님을 뵈러 갔는데, 그때마다 어머님은 네 걱정을 하셨다. 뭐 그런 이야기를.

또다시 블랙아웃.

이십 대 후반처럼 보이는 아랑이가 노트북 앞에 앉아 있는 모습을 책상 옆 어디선가 찍고 있는 듯한 구도였다. 안경을 쓰고, 앞머리는 넘기고, 길었던 머리는 턱선까지 잘려 있다. 또 커피잔을 들어 올린 손의 네 번째 손가락에는 예쁜 반지가 끼워져 있다. 창밖에는 매서운 바람과 함께 눈이 흩날린다. 그때 아랑이의 휴대폰이 울리며 정연우라는 이름이 보인다. 아랑이는 전화를 받고는 옆에 놓여 있던 꽃다발을 들고 어딘가 나갈 준비를 한다.

카메라의 구도가 바뀌었다. 아랑이의 노트북 화면을 보여줬다. 메일함 속, 이미 발송된 메일이었다.

– 추억이 있는 장소를 찾아가 봐.
네가 원하는 걸 발견할 수 있을 거야.

화면이 점점 흐릿하게 변했다. 탁, 블랙아웃.

18살의 당신에게 알려주고 싶었나 봐요. 어른이 되어 멋지게 성장해 남을 도와주는 멋진 어른이 되었다는 것을. 그래서 비디오가 이렇게 많던 거예요. 당신의 인생에서 가장 슬프고, 행복했던 시기에 받았던 도움을 성인이 되어 갚아주는 것까지가 한 스토리였던 거죠.

에밋은 마지막 카세트테이프를 꺼내어 박스에 담으며 말했다.
"그리고 당신에게 알려줄 것이 하나 있어요."
"뭔데요?"
"윤하라는 아이, 그 아이가 저희 가게에서 일을 해요."
아랑이의 눈이 커졌다. 그리고 기다렸다는 듯이 치가 들어와 아랑이를 꼭 끌어안았다. 끌어안은 두 사람 사이에서 밝은 빛이 났다. 그리고 두 사람의 모습이 변했다.
19살의 이아랑, 서윤하에서 35살의 이아랑, 서윤하로.

#epil 퍼즐 조각

이쯤 되면 궁금해졌을 것이다.
어째서 이들이 저승으로 가는 길에 찻집을 차렸는지,
왜 카세트테이프를 수리해 주는 건지.

앞에서 말했듯이, 이 저승길은 카세트테이프를 받은 특별한 삶을 산 망자들이 오른다. 우선 카세트테이프를 주는 이유는 가치 있는 삶을 산 사람들이 이승에서의 삶을 잊지 않고 간직하길 바라서, 그들이 저승에서도 멋진 삶을 살아갈 수 있도록 하기 위해서이다. 에밋도 처음엔 왜 저승길에 오르는데 카세트테이프를 주는지 몰랐다. 자신이 전생에, 저승에서 일을 했다나 뭐라나 그런 헛소리를 하던 노인 덕분에 알게 된 것이다. 처음에는 헛소리라고만 생각했는데, 똑같은 말을 하는 어린아이가 왔던 그날부터 확신했다. 아 정말 전생을 기억하던 노인이었나 보구나. 하면서.

에밋은 오웬을 바라보며 처음 만난 날을 생각했다.

오웬은 특이하게 카세트테이프를 받지 않고 이 길로 온 사람이었다. 그런 오웬이 에밋의 찻집을 찾아왔었다. 오웬은 열일곱 남짓해 보이는 어린 남자아이였다. 아이는 자기가 어떻게 죽었는지 에밋에게 설명해 주었다. 그 아이의 사연은 너무 길고 피폐했다. 전쟁이 일어났고, 자기는 전쟁터에서 싸우다가 죽었다고 말했다. 가족을 위해서 싸우다 이곳에 오게 된 셈인 거지. 그렇기 때문에 평범한 저승길이 아닌 이 길로 오게 되었다는 것 또한 깨달았다. 그래서, 차마 마음이 아파, 카세트테이프를 함께 돌려보지는 못했다. 어린아이가 받은 상처를 영상으로 들여다보는 것만으로도 힘이 들 것 같았다. 에밋은 그런 오웬에게 같이 일을 하기를 제안했다. 오웬은 잠시 망설이더니 대답 대신 고개를 끄덕였다. 오웬의 이름도 이 사연 때문에 붙여진 것이다. 어린 전사, 라는 뜻을 가진 오웬. 이라는 이름을.

그리고 에밋은 파브로와의 첫 만남을 생각했다.

파브로는 처음부터 찻집에 일을 하러 온 사람이었다. 보통 카세트테이프를 수리하러 오거나, 상영하러 오는 사람들이 이야기를 나누기 위해 이 찻집을 찾아오는데 파브로는 달랐다. 다짜고짜 일을 하는 것을 좋아하며, 자기는 성실하기에 일을 시킨 걸 절대 후회하지 않을 거라고 말했다. 파브로의 얼굴에는 확신이 있었다. 그래서 에밋은 그 자리에서 파브로를 채용했다. 파브로의 이름도 이러한 이유 때문이었다. 대장장이, 부지런한 사람을 뜻하는 파브로. 라는 이름을.

그리고 오와 치와의 첫 만남을 생각했다.

오와 치는 찻집에 같이 왔었다. 이야기를 나누다 마음의 뜻이 맞는 경우 같이 일을 하는데 오와 치가 이에 해당했다. 오와 치는 저승길로 오르는 길에 만나 친해졌다고 말했다. 천진난만하며 동심을 잃지 않은 듯해 보였다. 그렇지만 생각보다 똑똑했으며 누구와도 금방 어울리는 성격에 알바생으로 제격이라 생각했던 에밋은 둘에게 방을 하나 내주며 같이 일을 하게 되었다.

그리고 벽에 걸린 사진들을 찬찬히 들여다보았다. 지나간 세월이 있는 만큼, 지나간 사람들도 있는 법이었다. 그 중엔 우리에게 익숙한 얼굴인 오웬과 파브로, 오와 치가 보인다. 이젠 치와 함께 한 시간도 추억으로 남겠지. 또 그립겠지.

전 월념식구들을 떠올리며 찻잔 속에 그리움을 담아, 기억을 담아, 추억을 담아 한 모금 마신다.

에밋은 한참을 생각에 잠겼다.

그런 생각에서 벗어나기 위해 에밋은 오랜만에 메일함에 들어갔다. 광고 메일 하나 없이 깔끔한 메일함에는 에밋이라는 이름으로 온 편지들만 존재했다. 그리고 마지막 편지, 2년 전. 하지만 그 위로 3일 전에 온 메일이 하나 있었다. 에밋은 설레는 마음으로 메일을 클릭했다.

-〈에밋_스무 번째 메시지〉

잘 지내요? 너무 오랜만이네요. 아참, 가게는 아직 하고 있을지 모르겠네요. 다름이 아니라 오늘 본 문구가, 당신에게 도움이 될 것만 같더라고요. 그래서 이렇게 메일을 보내요. 정확히 문구에 대해 말하기보단 제 말로 풀어 얘기할게요. 추억에 약해 사랑했던 것들을 쉽게 잊을 수 없다. 상처받지 않기 위해선 그 무엇도 마음을 주면 안 된다.라는 문장을 봤어요. 그런데 추억에 약한 사람은 잊지 못하는 소중함을 가지고 살아가는 거고, 상처를 좀 받으면 어떤가요? 그보다 더 소중한 경험과 감정을 얻는데.

내 이름이 에밋이 된 이유다. 누가, 언제, 왜, 어디서 보내왔는지 모르는 이 편지의 제목이 에밋이었기에. 내가 힘들 때마다 위로의 편지를 전해 줬던 이 사람의 뜻을 이어받아 저승에서 누군가를 돕고 싶었다. 그래서 월넘을 시작했다. 카세트테이프를 수리해 다른 사람의 소중한 기억을 복원해 주고 싶어서. 그런데 이 가게에서 손님들의 퍼즐 조각 같은 기억을 보고, 소중한 추억을 듣고, 담소를 나누고, 차를 대접하는 즐거움이 컸다. 그렇게 몇 번의 식구가 바뀐 월넘은 아직도, 10년이 넘게 영업을 이어 나가는 중이다.

그때 누군가 문으로 들어서는 인기척이 들린다.

낙원으로 가는 저승길,
카세트테이프를 수리해 준다는 작은 찻집.

"어서 오세요, 손님. 찻집 월넘입니다."

삶이라는 카세트테이프

안녕하십니까. 꿈뜨락애 2학년 박주희입니다.

월넘은 저승으로 가는 길, 카세트테이프를 수리해 주는 작은 찻집에서 시작되는 이야기로 여러 사람의 삶을 엿볼 수 있습니다. 글에서 카세트테이프라고 말하는 인생을 상영해 주고, 복원해 주고, 수리해 줌으로써 다시 한번 자신을 성찰하고, 좋았던 기억은 다시 마음에 새기고 살아갈 수 있도록, 좋지 못한 기억은 자신을 한층 더 성장시킬 수 있도록 해줍니다. 사람들은 모두 저마다의 가치 있고 소중한 삶을 살고 있는데, 대부분이 이를 느끼지 못하고 그냥 흘러가는 인생의 일부 정도로 여깁니다. 하지만 다시는 돌아올 수 없는 '순간'입니다. 그 순간이

고통일지라도, 해결되지 않아 머리를 싸매는 날일지라도, 여느 때처럼 하루는 끝나게 됩니다. 저는 사람들이 인생의 하루하루가 소중함을 깨달았으면 해 이 글을 쓰게 되었습니다. 그렇다고 인생을 무조건 잘 살라는 것은 아닙니다. 남들처럼 시간도 낭비해 보고, 별것 아닌 일에 신경도 써보고, 불필요한 감정 소모도 해보고, 하지만 웃어보고, 나태해지지 않도록 노력하며, 감정을 걸러내는 방법도 배우면서 그렇게, 살아가라는 말입니다. 모두 소중한 인생을 가치 있는 경험과 의미 있는 감정으로 채워나가기를 바랍니다. 감사합니다.

우리 둘만 아는

민사랑

3월 2일 목요일

그렇게 기다리던 고등학교 첫 입학 날, 아직은 많이 낯선 고등학교 교복을 입고 아침부터 열심히 고데기를 했다. 4년 지기 내 친구 지영이랑 고등학교 첫 등교라니, 가슴이 두근거렸다. 고등학교 선배님들도 지나가다 한 번 더 지영이를 볼 만큼 지영이는 너무나도 예뻤고, 나는 아쉽게도 지영이랑 같은 반이 되지는 못했지만 그래도 옆 반이라 다행이라는 생각이 들었다. 나는 반에 들어가기 전 심호흡을 크게 하고 난 뒤 떨리는 마음으로 반 문을 열었다. 하지만 첫날이라 조용할 거라 생각했던 내 생각과는 다르게 우리 반은 마치 시장에 온 것처럼 소란스러웠고, 나는 이 상황이 왠지 모르게 친근했다. 나는 친구들에 비해 매우 소심했고 당장이라도 누군가가 나한테 말을 걸어 주길 바라는 마음으로 가만히 자리에 앉아 있었다. 그렇게 시간이 흐르고, 그제야 몇 명의 친구들이 나한테 말을 걸기 시작했다.

"안녕! 네가 소윤이 맞지?"

"맞아!"

"옆 반에 엄청 예쁜 애랑 등교하던데…. 나도 오면서 봤어."

"맞지…. 지영이 엄청 예쁘지."

"우리 친하게 지내자!"

"그래."

친구들이 나에게 먼저 말을 걸어주어서 정말 고마웠다. 그렇지만 첫날인데도 불구하고 내가 아닌 지영이의 칭찬에 약간 서운했지만, 친구들은 다 착한 것 같아서 다행이었다. 새로운 담임 선생님과 친구들이랑 1교시를 보내고 쉬는 시간이 되었다. 나는 종소리가 끝나기 무섭게 지영이가 있는 6반으로 갔다. 하지만 지영이는 거의 반 전체에 둘러싸여 귀염을 받고 있었고 나는 아쉬움을 뒤로한 채 다시 반으로 돌아갔다.

'지영이 인기 되게 많네.'

반에 돌아와 친구들이랑 얘기를 나누던 도중에 채민이가 말해 주었다.

"소윤아 너 친구 예쁜 애, 걔 벌써 남자애들 사이에서 난리도 아니야."

"벌써? 어떻게 알게 된 거야?"

"중학교 때 친했던 남자애들이 말해 줬어."

"대박이다…."

　지영이는 첫날부터 예쁜 얼굴로 친구들의 주목을 받았고, 나는 그런 얘기를 들을 때마다 기분이 이상했다.
　'속상하게 왜 아까부터 지영이 얘기뿐이야.'
　내 친구가 예쁜 건 사실이기에, 인기가 많은 건 어쩌면 당연할지도 모른다. 하지만 그 뒤로도 계속되는 지영이의 얘기에 나는 지영이한테 괜한 질투를 하게 되었고, 지영이 탓이 아닌 걸 알면서도 지영이한테 화가 났다.

　나는 한참을 하늘을 바라보며 집으로 걸어갔다. 지영이는 벌써 반친구들이랑 친해져 있었고, 같이 하교하기로 했던 나와의 약속은 뒤로한 채 놀러 갔다.
　'나도 지영이처럼 예뻤으면 인기도 많았을 텐데.'
　집에 돌아가는 길에 지영이의 모습이 또 생각났고, 나는 괜한 질투심에 길바닥에 굴러다니던 캔을 차곤 했다. 아무 생각 없이 걸어가다 보니 벌써 집에 도착하였고 나는 집에 오자마자 인터넷에 검색하였다.

　'예뻐지는 방법' 검색

　인터넷에 검색해 보면 거의 다 광고만 보이고, 자기관리 열심히 하라는 글뿐이었다. 그렇지만 나는 화장품 하나를 사더라도 성분 하나하나를 다 따지며 지영이처럼 좋은 피부를 유지하기 위해 노력했고, 머리 그리고 옷 스타일링 심지어 향수까지 정말 많이 노력했다.

"아무리 노력해도 못 따라감."

"성형수술이 답이죠."

"예뻐지는 방법, 그런 게 어딨어."

'성형수술, 나도 그거 한 번 해볼까?'

댓글 중 하나였던 성형수술 이야기.

나도 성형수술을 하면 지영이처럼 아니, 지영이보다 훨씬 더 예뻐질 수 있을 거라고 생각했다. 나는 곧장 성형수술 앱을 깔아 이리저리 찾아보기 시작했고 특히 눈도 작은데 쌍꺼풀도 없는 못난 눈부터 해야겠다는 생각에 쌍꺼풀 수술을 중심으로 찾아봤다. 좋은 병원부터 후기와 부작용 등을 자세하게 알아보고 엄마한테 물어보았다. 하지만 엄마는 처음에는 절대로 안 된다고 하다가 내가 매일 떼를 쓰니까 조건을 걸으셨다. 그 조건은 바로 중간고사와 기말고사의 평균이 80점이 넘는 것이었다. 나는 평소 60점 정도의 성적을 받았기 때문에 시험 평균 80점은 거의 불가능에 가까운 점수였다. 하지만 성형수술에 대한 나의 열망은 엄마의 예상을 뛰어넘었다. 나는 항상 상위권을 차지하고 있는 반 친구에게 이해되지 않는 부분은 매일매일 질문했고, 먼저 대학에 들어간 오빠에게 과외까지 받으며 나는 누구보다 공부를 열심히 했다. 반 친구는 나의 부족한 과목에 대한 설명을 굉장히 쉽게 풀어 설명해 주었고, 나는 난생처음 코피까지 흘려 가며 공부했다.

그렇게 나는 결국 중간고사 평균 성적을 80점을 받았고, 기말고사때 더 좋은 점수를 받기 위해 긴장을 늦추지 않았다. 사실 정말 말도 안 되는 이야기지만 공부가 재밌다는 생각마저 들었다. 동그라미가 늘어나는 걸 보면 누구보다 뿌듯했고, 어쩌면 내가 가고 싶은 대학도 갈 수 있을 것만 같았다. 하지만 아쉽게도 이번 기말고사의 난이도는 너무나 높게 출제가 되었고, 결국 나는 80점을 받지 못했다. 가채점 후 나는 책상에 엎드려 울어 버리고 말았다. 엄마와의 성형 약속이 물 건너 가버렸다는 사실이 너무나도 속상했기 때문이다.

'왜 선생님들은 하필 이번 기말고사 난이도를 올린 거야. 차라리 2학기 시험 난이도를 올리시지, 그때쯤이면 난 성형을 마치고 예뻐 진 뒤일 텐데….'

하지만 엄마의 반응은 생각지도 못했다.

"소윤아, 너 정말 많이 노력했구나."

"엄마, 나 진짜 열심히 했어. 4점짜리 문제 하나만 더 맞혔더라면."

"엄마가 우리 딸 쭉 지켜봤는데, 정말 열심히 하더라. 엄마가 성형 수술 시켜줘도 성적은 계속 올릴 거지?"

"당연하지! 나 자신 있어"

나는 당장이라도 엄마의 입에서 허락이 떨어지기만 한다면 못 할 말이 없었다. 그러자 엄마는 피식 웃으며 대답했다.

"병원은 알아봤어?"

"응! 후기부터 부작용까지 다 알아보고, 무슨 라인으로 할지도 다 생각해 뒀어!"

물론 지영이와 친구들한테는 이 사실을 말해 주지 않았다. 개학 후에 어차피 알려질 사실이지만 놀랄 만큼 예뻐져서 짠! 하고 나타나고 싶었기 때문이다. 후기들을 찾아보니까 부기 관리를 해야 해서 수술 날짜는 넉넉하게 방학하자마자 하루 뒤로 예약했다. 엄마한테 속 내를 들키지 않기 위해 꾸준히 오빠한테 과외를 받았고, 오빠도 눈치를 챘는지 기말고사 때보다는 대충 수업을 해주었다. 그렇게 시간이 흘러 수술 그날이 되었고 나는 엄마 손을 꼭 잡고 함께 병원에 갔다. 간단한 상담을 하며 쌍꺼풀 라인을 잡았고 수술 전, 후를 비교하기 위해 지금의 눈 사진을 찍었다.

"앞쪽의 카메라 보시고, 현재 소윤님의 눈으로 찍는 마지막 사진인 만큼 예쁜 미소 지어주세요. 그럼 찍겠습니다! 하나 둘…."

'못생긴 나의 눈, 다시는 보지 말자….'

"셋, 찰칵."

30분 정도 대기 후에, 나는 수술대에 누워 위에 있는 눈부신 조명을 보면서 잠이 들었다.

'이렇게 잠이 든 뒤 다시 눈을 떴을 때의 나는 지영이처럼…

아니, 지영이보다 훨씬 더 예뻐져 있겠지?'

나는 롤러코스터를 타는 듯한 꿈을 꾼 뒤에 누군가의 목소리와 함께 깊은 잠에서 깨어났다.

"수술 끝났습니다."

정신없이 회복실로 이동하여 엄마와 함께 두 시간 정도 있었다. 집에 돌아오자마자 거울을 보니, 두 눈은 징그러운 피멍과 함께 탱탱 부어 있었다.

"엄마! 나 눈이 어떻게 된 거야?"

"소윤아, 처음에는 다 그렇게 붓는 거래. 의사 선생님께서 며칠 지나면 괜찮아진다고 하셨으니까 약 잘 바르고, 호박즙도 잘 먹어야 한다."

"정말? 나 수술 망한 거 아니지?"

"당연히 우리 딸 눈 예쁘게 잘 해주셨겠지, 병원에서 받은 냉동안대 냉장고에 넣어 뒀으니까 일어나서 하는 거 잊지 말고."

나는 불안하고 조급한 마음에 인터넷 성형 후기들을 다시 한번 찾아보았다. 예뻐진 사람들의 당일 후기 사진들을 보자 수술 직후에는 사람들이 다 이렇다는 걸 알게 되었고, 그제야 안도가 되었다. 나는 수술하고 매일 아침저녁으로 꾸준히 냉동안대와 연고를 발라주었고, 수술한 후 3일 정도는 누워서 잠도 제대로 못 잤다. 생각보다 예뻐지는 과정은 너무나도 힘들었고, 일주일이 지나서 드디어 실밥을 풀게 되었다. 하지만 수술만 하면 곧장 예뻐질 줄 알았던 내 생각과는 다르게 피멍은 쉽게 빠지지 않았다. 병원에선 수술 중 나도 모르게 눈에 힘이 들어가는 탓에 그런 거라고 하지만, 나는 눈 주변의 크고 작은 멍들이 거울을 볼 때마다 계속 신경이 쓰였다.

'개학 날까지 피멍이 안 빠지면 어떡하지?'

수술 부작용의 후기들은 내 얘기가 아닐 거라고 생각했다. 하지만 시간이 지날수록 선명해져 가는 피멍들과 제대로 감을 수조차 없는 나의 눈을 보며 지금 거울 속 내 모습은 내가 상상했던 모습이 아니라며 애써 부정했다. 나는 번갈아 가며 냉찜질, 온찜질을 해주었고, 평소보다 연고도 더 잘 발라주었다. 매일같이 호박즙을 마셨지만, 생각과는 다르게 부기가 빠지는 속도는 매우 더뎠다. 이대로 학교에 가면 친구들의 따가운 시선은 기본이고, 전교생이 내 눈을 보고 뒤에서 수군거릴 것만 같았다.

'나는 왜 성형수술만 하면 지영이처럼 예뻐질 거로 생각했던 걸까, 다른 사람은 잘만 된 수술이 왜 나는 실패한 걸까?'

아무리 후기가 좋은 병원이 내 눈도 예쁘게 해줄 거라는 보장은 없었다는 걸 나는 이제서야 깨달았다. 병원에서는 시간이 지나면 괜찮아질 거라는 말만 반복하였고, 수술할 때 눈에 힘이 들어간 것은 내 탓이었기에 나는 아무 말도 할 수 없었다. 엄마는 내 걱정을 덜어주기 위함이었는지 나한테 콩깍지라도 씐 것처럼 내 눈을 보며 부기와 멍이 많이 빠졌다고, 예쁘다고 말해 주었다.

'어른들의 예쁜 기준은 정말 이상한 것 같아.'

나는 눈두덩이에 수술 자국도 남지 않고, 부기도 전혀 없는 자연스러운 미인이 되고 싶었다. 하지만 나는 처음보다는 부기가 좀 가라앉았지만, 성형한 티가 확실하게 났고, 눈을 감을 때마다 수술 자국이 선명하게 보였다.

방학도 점점 끝나 갈 무렵, 부기와 피멍은 거의 빠졌지만 누가 봐도 성형수술을 한 티가 나는 상태로 개학 날을 맞이할 수밖에 없었다.

개학 날 아침,

차라리 죽는 게 더 나을지도 모른다는 생각과 함께 학교에 가게 되었다.

'이번 여름방학을 계기로 성형수술을 한 사람이 나 말고도 많겠지? 다들 수술이 잘 됐을 건데….'

나는 학교 가는 길에 오만 가지 생각이 다 들었고, 정말이지 속이 타 들어 가는 듯한 기분이었다. 나는 교실에 들어가기 전까지 바닥만 보고 걸어갔고, 교실에 앉아서도 눈을 감추려 엎드리고 있었다. 반 친구들이 하나둘씩 모이자 다들 못했던 얘기들을 하느라 정신이 없었다.

"소윤아! 너는 왜 엎드리고만 있어?"

그때 채민이가 나에게 와서 말을 걸었다. 자는 척이라도 할까 망설였지만, 어차피 들키게 될 거, 채민이한테 가장 먼저 보여주기로 마음먹었다.

"응…. 채민아, 오랜만이다."

"헐? 소윤아 너 쌍꺼풀 수술 한 거야?"

"어…."

쌍꺼풀 수술을 했다는 소리에 친구들은 하나둘씩 내 자리 주변으로 모이기 시작했다. 친구들은 돌아가면서 내 눈을 구경했고.

"우와, 눈 엄청나게 크다."

"부기 빠지면 예쁘겠어."

"병원은 어디야? 얼마 주고 했어?"

"수술 잘 됐다."

라며, 진심인지도 모를 말들을 해댔다. 같은 반인 수정이도 나와 같은 생각이었는지 쌍꺼풀 수술을 하고 나타났고, 정말이지 수정이의 눈은 너무나도 자연스러웠고 인형 같았다. 수정이는 나랑 눈을 마주치고 나서는 알 수 없는 미소를 지었고, 나는 기분 탓인지, 괜한 자격지심 때문인지 그 미소가 왠지 모르게 기분 나빴다. 나는 학교 마치는 시간만 기다렸고, 교실에서부터 교문까지 또다시 바닥만 보며 걸어갔다. 집에 돌아가는 길에 수정이의 얼굴이 자꾸만 생각났고, 나는 속상한 마음뿐이었다.

'수정이의 그 미소는 분명 나한테 우월감을 느껴서 지은 표정일 거야. 짜증나'

침대에 가만히 누워 있다가 나는 문득 그런 생각이 들었다. 수술하기 직전 다시는 보고 싶지 않던 내 눈을 찍은 나의 얼굴 사진이 적어도 지금보다 예뻤을 거라는 생각. 나는 속상한 마음에 여름방학 전 친구들이랑 찍은 애꿎은 네 컷 사진만 만지작거렸다.

. . . . ‐ ‐ . . .

그때 휴대전화기에서 알 수 없는 알림이 울렸다. 나는 궁금한 마음에 들어가 보았고, 누가 어디서 왜 보냈는지 모를 편지 한 통을 받게 되었다.

| 메시지가 도착하였습니다. |

| 눌러서 확인하기 |

나는 영문도 모른 채 편지를 읽게 되었다.

"안녕, 나는 익명으로부터 너에게 편지를 쓰게 되었어. 늘 호기심이 많은 너는 당연히 지금도 내 편지를 읽고 있겠지? 나는 단지 너를 위해 너의 고민을 듣고 해결해 주며 아프고 힘든 지금의 순간들을 극복하며 성장해 갈 수 있게 도와주고 싶어서 이 편지를 쓰게 된 거야.

'그러니까…. 너는 누구길래 나를 왜 도와주는 건데.'

　이쯤 되면 소윤이 너는 왜 너를 위로해 주고 도와주는지 또, 내가 누구인지 궁금해하고 있을 거야. 하지만 규칙을 어기는 건 안 되는 거니까, 나는 그 어떤 정보도 너에게 알려줄 수 없어. 당연히 네가 나한테 털어놓은 모든 고민은 나만 알고 있을 것이고, 원한다면 대화 내용을 지우는 것도 가능해. 나는 너의 걱정거리들과 아픔을 모두 다 가져갈 수만 있다면 하나도 빠짐없이 모두 가져갈 거야. 나는 네가 이런 과정을 통해 조금이나마 더 단단한 사람이 되었으면 좋겠고, 있는 그대로 네 모습을 사랑해 주었으면 하니까. 이 편지를 다 읽고 나면 꼭 답장해 주길 바랄 게 소윤아. 그게 언제가 됐든 나는 항상 너를 기다리고 있을 테니까."

'훌쩍'

　나도 모르게 이 편지를 읽는 동안 눈물을 흘리고 있었고, 아무 정보도 알려주지 않은 이 사람이 말 한마디 한마디가 왠지 모르게 따듯했다. 나는 이틀 동안 고민해 본 뒤, 익명에게 답장을 보내기로 마음먹었다.

　"안녕. 누군지도 모르는 사람에게 고민을 털어놓는다는 게 결코 쉬운 일이 아니라는 거 너도 잘 알고 있을 텐데, 이렇게 따듯한 말들로 나를 걱정해 주는 마음이 정말 고마워서 답장하기로 마음먹게 되었어. 네가 누군지 알 수 없다는 규칙은 마음에 들진 않지만 그래도 지켜야겠지? 우선 아무것도 아닌 나를 걱정해 주고 좋아해 줘서 정말 고맙다고 말해 주고 싶어. 네가 말하는 거 보니까 어느 정도 내 고민을 알고 있을 거란 생각이 드네. 사실 나 누구보다 노력해서 이번 여름방학에 쌍꺼풀 수술을 하게 됐는데, 반 친구는 자연스럽고 예쁜 눈으로 성공해서 나타났는데 나는 아직도 피멍이랑 부기가 덜 빠졌고, 친구들도 이런 모습을 비웃는 것 같아 속상하고 화가 나. 왜 수많은 사람 중 나만 이런 모습인 걸까?”

‘후…. 드디어 보냈다. 아 떨려’

나는 그렇게 진심을 꾹꾹 눌러 담은 편지를 익명에게 보냈다. 생각했던 것과 다르게 익명의 답장은 누구보다 빨랐고 나는 대화를 계속해서 이어 나갔다.

. . . .

“소윤아, 너 주변을 둘러보면 다 다른 얼굴과 성격 그리고 체형을 가졌지? 네가 예쁘다는 그 친구는 유난히 회복이 빠른 편이었던 게 아닐까, 하는 생각이 드네. 다른 건 다 찾아봤는데 이런 글을 못 봤어? 원래 수술하고 6개월 후에 진짜 너의 모습을 볼 수 있는 거야. 아직은 수술한 지 얼마 되지 않아 티도 많이 날 거고, 부기랑 피멍? 당연히 덜 빠질 수 있는 시간이니까 예쁘다던 그 친구와 비교하며 너 자신을 미워하고 약해지지 않았으면 좋겠어. 타인과 나 자신을 비교하며 나 자신을 깎아내리는 것은 절대 좋지 않은 행동이니까. 아 그리고 어쩌면 예쁘다던 그 친구도 소윤이 너랑 별다르지 않은 사람일지도 몰라."

'나랑 별다르지 않은 사람일지도 모른다는 건 무슨 뜻일까.'

익명에게 답장을 보내려던 그 순간, 수정이에게 문자 한 통이 왔다.

"소윤아 안녕! 오늘 너한테 말은 못 했지만 너 진짜 예쁘더라…."

갑자기 온 수정이의 연락에 많이 당황했지만, 그래도 대답해 주었다.

"무슨 소리야. 네가 더 예쁘지"

'하… 익명이 하는 말은 무슨 말이고, 수정이는 왜 갑자기 연락 온 거지?'

나는 서둘러 익명에게 마저 답장을 보냈다.

"6개월이 흐르면 부기도 어느 정도 빠지고 없을 것이고, 피멍은 흔적도 없이 사라졌겠지? 근데 말이야. 나 마지막 문장 이해를 잘 못하겠어."

. . . .

"시간이 흐르고 나면, 무슨 뜻인지 알게 될 거야."

결국 무슨 뜻인지 모른 채 대화는 끝이 났다. 다시 생각해 보니 익명의 말이 전부 다 맞았다. 내가 사랑받기 위해서는 나 자신부터 나를 사랑해 주어야 하고, 타인과 나를 비교하며 사는 삶은 그 누구에게도 좋지 않은 방법일 뿐이었다. 생각해 보니 이제 겨우 한 달 지난 내 눈을 보고 너무 절망스러워 한 것이고, 나는 책상에 앉아 손거울을 들고 내 얼굴을 한 번 더 바라보았다. 중학생 때까지만 해도 여드름투성이였던 나는 열심히 세안하고 관리하며 확연히 깨끗한 피부를 가지고 있었다. 친구들에 비해 높은 콧대와 앵두 같은 입술을 가지고 있으며 제법 호감을 주는 얼굴이었다. 비록 아직은 피멍이 남아 있고 비엔나소시지 같은 눈이지만 지금의 얼굴이 못난 것은 절대 아니었음을 깨달았다.

"엄마! 나 호박즙 먹을게."

"얼씨구. 효과 없다면서 안 먹는다 할 때는 언제고"

"이제 겨우 한 달이잖아? 열심히 먹어야 나중에 예뻐지지, 뭐든지 노력하면 다 되는 법이거든!"

나는 긍정적인 생각을 가지고 나를 더 가꾸기 시작했다.

"그래, 엄마는 소윤이가 어떤 모습이든 항상 예쁘다고 생각해."

쌍꺼풀 수술을 하겠다고 그렇게나 열심히 공부하고, 여러 후기들을 찾아봤다. 난생처음 코피도 흘려보고, 인생 최고점수를 받고 눈물도 흘려보았다. 그토록 바라던 쌍꺼풀 수술이 이렇게나 잘 됐는데 수정이의 모습에 나 자신을 미워하고 자격지심 가진 것이 정말이지 후회되는 순간이었다. 오늘따라 이상하게도 거울에 비친 내 모습이 사랑스러웠고, 나는 나의 선택을 후회하지 않기로 마음먹었다.

'내가 수정이를 질투했던 것처럼 누군가의 질투 대상이 나일지도 몰라. 나 역시 예쁜 외모를 질투하기보다는 지금의 내 모습을 더 사랑해 주고, 즐거운 추억을 더 많이 쌓아야지'

6개월이 지난 지금. 나는 수정이와 짝꿍이 되면서 그 누구보다 친해지게 되었다. 그리고 나는 수정이와 쌍꺼풀 수술 얘기를 하면서 그제야 익명의 말을 이해하게 되었다.

"사실 나 쌍꺼풀 수술하러 가는 길에 너 닮은 사람 봤는데 자세히 보니까 네가 맞더라고? 근데 성형외과에 가는 거 보니까 당연히 너도 나처럼 '쌍꺼풀 수술하겠지?'라는 생각이 들었어. 너는 눈웃음도 예쁘고 콧대도 높고 입술도 도톰해서 안 그래도 예쁜데 쌍꺼풀 수술까지 하면 정말 인형 같을 것 같아서 질투심에 일부러 더 낮게 라인을 잡았고, 더 열심히 관리했다? 근데 개학 날 아침 상상했던 것보다 더 예뻐진 네 모습 보면서 부러운 마음뿐이었고, 일부러 낮춘 쌍꺼풀 라인이 후회되더라고."

나는 그 순간 알았다.

'익명이 말하던 뜻이 이거였구나!'

"정말? 나는 부기도 덜 빠지고 피멍도 그대로여서 속상했는데 수정이 네 눈은 자연스럽고 예뻐서 질투했었는데."

나는 그동안 한없이 못생겨 보이기만 했던 내 얼굴을 인제야 사랑스럽게 볼 수 있었고, 자신감과 밝은 미소 덕분이었을까? 피멍과 부기는 금방 빠지고 그토록 바라던 자연스럽지만, 예쁜 눈을 가지게 되었다.

"안녕, 누군지는 잘 모르지만 나한테 예쁜 말 해주고 올바른 조언을 해줘서 정말 고맙다는 말 꼭 해주고 싶어서 이 글을 써! 네가 말했던 것처럼 다른 사람과 나를 비교하며 사는 삶은 그 누구보다도 힘든 삶인 것 같아. 이제라도 내 모습을 있는 그대로 받아들이고, 사랑할 수 있게 돼서 정말이지 다행이야. 정말 네 말대로 예쁘다던 그 친구도 나랑 별다른 거 없는 사람이 맞았고, 나 역시 누군가에게는 질투 대상이 된다는 것을 깨닫게 되었어. 6개월이라는 긴 시간 동안 나 정말 많이 달라졌고 네 덕분에 지금의 내가 있을 수 있었던 거 같아 진심으로 고마워. 너무 늦었나. 그래도 답장할 수 있으면 그게 언제든 꼭 해줘! 나 기다리고 있을게."

느낌이 마지막인 것만 같아서 속상했지만, 누군지 알 수 없었기에 나는 고맙다는 말만 계속해서 했다. 끝내 익명은 답장을 해주지 않았고 나는 아쉬움을 뒤로한 채 편지를 그만 쓰게 되었다.

차가운 바람이 부는 어느 날, 소윤이와 수정이의 웃음소리로 가득한 길, 길 건너 전봇대 뒤에 서 있던 여자가 두 사람을 바라보며 이렇게 말했다.
"소윤아, 부디 지금처럼만 자라다오."

우리 둘만 아는 비밀

주인공 소윤이와 같이 낮은 자존감을 가진 사람은 나 자신을 사랑하는 게 결코 쉬운 일이 아니라는 걸 알지만, 억지로 꾸미려 하지 않아도 있는 그대로 나를 바라봐 주고 내가 가진 모습을 속이지 않으며 온전히 나를 보여줄 수 있는 사람 그게 나에 대한 태도여야 하니까요. 나라는 사람을 굳이 다른 사람과 비교하지 않으며 인생의 행복을 남이 아닌 나에게서 찾아야 한다고 생각해요. 처음부터 완벽한 사람은 존재하지 않는 법이니까 내가 무엇을 할 때 좋은지, 누구랑 있을 때 행복하고 우울한지 생각해 보며 때로는 멀지만 가깝기도 한 나 자신을 가장 먼저 생각하고 사랑해 주세요. 온전히 나를 믿고 의지해야 할 사람은 다른 사람이 아닌 나 자신이라는 걸 기억해요. 마지막으로 우리 둘만 아는 비밀은 이 모든 것을 익명이라는 이름으로 소윤이를 도와준 사람의 정체가 소윤이의 엄마라는 것입니다. 읽어주셔서 감사합니다.

여행일기

박민주

#1 Blue

　아침부터 내리는 비는 그칠 줄을 모르고 하염없이 내리고 있다. 장마가 시작된 건지 요 며칠 동안에 계속해서 날씨가 흐리더니 오늘은 또 비가 억수같이 쏟아진다. 건물 안으로 들어오기 전 젖은 우산을 털어내고 접으면서 들어온다. 이미 건물 안은 많은 사람이 지나간 흔적인 듯 우산에서 떨어진 빗물이 떨어져 있다.

　"다녀왔습니다."

　현관문 도어락이 열리는 소리가 들리고 아무도 없는 작은 원룸 방 안에는 은재의 목소리만이 울린다. 불필요한 물건 없이 깔끔하게 정리된 방은 은재를 더 쓸쓸하게 만드는 듯 하다. 아까까지만 해도 계속된 비에 지치고, 가득 찬 버스 안의 사람들에 밀려 지치고, 반복되는 삶에 지쳐 너무나 돌아오고 싶던 집이었음에도 막상 돌아온 집엔 자신을 기다리는 사람 하나 없이 조용하고 쓸쓸하기만 하다. 대학에 오면서 부모님과 함께 살던 집을 떠나 혼자 살게 된 이 집은 처음에는 마음대로 할 수 있는 자유의 공간이라 생각했지만, 지금은 텅 빈 이 방이 의지할 곳 하나 없는 막막함만이 느껴지는 공간이다.

"으, 양말까지 다 젖었네…."

빗물이 신발 속까지 들어와 하루 종일 기분을 불쾌하게 만들던 신발을 벗어 던지고 곧바로 욕실로 가 씻고 나온다. 오늘 하루 종일 힘들던 것 중 조금은 날아간 것 같았다. 방금 전 현관 앞에 잠시 내려놨던 가방을 책상으로 가지고 간다. 빨리 쉬고 싶은 마음에 아무 생각 없이 가방을 책상 위에 내려놓는 순간, 가방의 중심이 기울어지더니 지퍼가 활짝 열려 있던 가방 안에서 전공책들이 요란하게 쏟아진다. 쏟아진 책들을 주우려는데 그 두꺼운 전공책들의 한가운데에 적힌 크고 강조된 책 제목들이 눈에 들어온다. 은재는 그것들을 한참을 바라보더니 점점 우울해지는 기분이 들었다.

"하기 싫다…. 생각했던 거랑 너무 다른데 내가 계속 이걸 하는 게 맞을까…? 나랑은 안 맞는 것 같은데…. 앞으로 나는 뭘 해야 할까…. 언제쯤 나는 편안해질까…. 답답해."

우울한 마음에 혼잣말을 중얼거린다. 은재는 지금껏 끊임없는 노력으로 원하는 성적과 결과를 이뤄내 왔었다. 하지만 지난 학기 성적을 받는 순간 좌절할 수밖에 없었다. 시간과 노력을 다했음에도 잠간 머뭇거리는 사이에 무너져 버렸다. 주변 사람들은 다 괜찮다고 '한 학기쯤이야'라고 한 마디씩 위로를 건넸음에도 은재는 충격이 가시질 않았다. 그렇게 자존감도 많이 떨어지게 되고, 우울했던 게 지금까지 이어지고 있는 것 같다.

주위를 둘러봐도 사람들은 다들 각자만의 길로 잘만 찾아가는데 은재는 자신만 그것이 느린 것 같아 스스로가 한심하게 느껴진다. 그 주위의 사람들에겐 각자의 계획이 있었다. 방학을 맞아 자격증 시험을 준비하는 사람, 단기 어학연수나 봉사활동을 가는 사람, 아니면 새로운 경험을 위해 무언가를 도전하려는 사람처럼 말이다. 은재는 지금을 살아가는 것만으로도 벅차고 지쳐서 앞으로의 무언가를 해야겠다는 계획 따윈 생각해 본 적도 없었다. 사실 은재는 어렸을 때부터 공부를 잘해 왔고 본인도 더 노력해서 좋은 결과만을 내왔다. 그래서인지 주변의 기대는 높았고 그것이 은재에겐 압박처럼 다가왔다. 결국 자신이 하고 싶은 게 무엇인지 찾기도 전에 이미 높은 목표가 생겨버렸고, 그 목표만을 위해 달려왔다. 그렇게 열심히 달려왔더니 눈 깜짝할 사이에 어른이 되어 있었다. 어렸을 적에 자신이 본 어른은 이런 것이 아니었는데 더 크고, 더 멋진 사람이라 생각했는데 막상 성인이 된 자신의 모습은 그때의 어릴 적의 상상과는 달리 여전히 마냥 어린아이인 것만 같았다. 얼떨결에 성인이 되어버린 은재 자신은 아직 어른은 아닌 것 같다.

어느새 침대에 누운 은재는 스마트폰으로 검색을 해보고 있었다.

'대학생 방학 계획' 검색

'대학교 과목 전과' 검색

은재는 스마트폰 검색창에 계속해서 의미 없는 검색만을 이어가고 있었다.

"하고 싶은 게 있는 것도 아니면서 무슨 전과냐."

또 혼잣말을 중얼거린다.

한참 전부터 오고 싶었고, 오기 위해 노력했던 학교, 학과임에도 생각과는 너무 달라 자존감도 많이 떨어진 요즘이다. 은재의 목표는 오로지 이 학교, 이 학과에 오는 것이었다. 당연히 그 이후는 생각할 틈도 없었다. 큰 목표가 하나 끝나니 앞으로 뭘 해야 할지도 막막하다. 심지어 이렇게나 자신과 맞지 않는 학과일 것이라 상상조차 하지 못했다.

은재는 침대 옆의 크게 나 시원하게 보이는 창밖을 바라보았다. 밖은 흐리고 아직도 비가 그칠 줄을 모르고 오고 있었다. 저 밖의 흐린 비가 자신의 우울한 마음을 대변하고 있는 것만 같았다. 언젠가 그칠 저 비처럼 자신의 마음도 고민도 문제도 언젠가는 날아가길 바라고 있다.

"그런데…. 연락 오는 곳 하나가 없네. 다들 바쁜가…?"

종강한 지 얼마 안 되었긴 하지만 그때 이후로 딱히 따로 연락하는 친구가 없다. 고등학생 때까지와는 달리 뭔가 대학교에서의 친구들은 나에겐 약간의 거리가 느껴졌다. 약간의 불편함이나 선 그런 것이 느껴졌다. 고등학교 때까지는 아침 일찍부터 등교해서 해가 진 후의 야간 자율 학습 시간까지 집에 있는 시간보다 학교에서 친구들과 붙어 있는 시간이 더 많아서 그런지 서로에게 너무 편하고 의지가 되었었다. 그렇다고 지금에 와서 연락하기에는 고등학교 때 친구들의 SNS를 보면 다들 다 잘살고 있어서 연락하기 어려운 느낌도 들었다. 사실 막상 만나고 싶은 건 아니지만 누군가에게 올 연락은 기다려지는 이중적인 마음도 든다. 지금 누구보다도 사람에게 지쳐 있는 은재이지만, 동시에 사실은 자신을 찾아줄, 필요로 해줄 사람을 기다리고 있는 듯했다.

· · · · · · · · · ·

그때 어디선가 크게 진동음이 울렸다.

"오……? 알림은 안 왔는데…?"

기다리던 연락이 온 줄 알았으나 광고 문자 하나 안 온 것이 의아한 은재는 자신이 잘못 들은 것이라 여기고 별생각 없이 넘겨버리려 했다. 하지만 이에 대한 의문을 해결하는 데는 오랜 시간이 걸리지 않았다.

빨래 건조대에 있던 옷들을 옷장과 서랍에 정리하던 도중 옷장 안에 있던 상자 안에서 진동음이 또 울렸다. 그 상자 안에는 자취를 시작할 때 이사하면서 귀찮은 마음에 그다지 필요성을 느끼지 않아 열지 않은 채로 뒀던 물건들이 있었다.

"어, 이게 아직도 있네…?"그 안에서 은재 자신이 어린 시절 쓰던 스마트폰을 발견할 수 있었다. 요즘에는 팔지 않는 구형 스마트폰은 은재에게 너무나도 추억이었다. 그 스마트폰은 당연하게도 몇 년 동안 사용되지 않아 방전이 되어 있었다. 왜 이 스마트폰이 버려지지 않고 새로 이사한 자취방에 있는지와 방전된 스마트폰에서 진동음이 두 번이나 울렸던 것인지 의문이 생겼었지만, 답을 더이상 알 수 없는 의문은 은재에겐 중요한 것이 아니었다. 방전된 스마트폰을 충전하려 물건들을 더 뒤적거려 봤다. 다행히도 그 안에서 그 스마트폰에 맞는 5핀 충전 케이블도 발견할 수 있었다. 은재는 곧바로 침대 머리맡에 있는 콘센트에 충전기 케이블에 연결한 뒤 돌아와서 정리하지 않았던 짐들을 하나하나 정리했다.

남들이 그냥 봐서는 딱히 특별할 것 없는 그 물건들에는 은재의 행복들이 깃들어 있다. 친구들과 함께 맞추던 작은 열쇠고리, 웃기게 나온 네 컷 사진들, 친구들과 서로 나눠 가졌던 증명사진 등은 은재를 잠시 추억여행을 떠나게 했다. 앞으로의 막막한 미래보다는 그 당시의 행복함만으로 살기 바빴던 그 시절이 너무 그립고 반가워서 우울하기만 했던 기분이 나아지고 있는 듯했다. 이내 곧 그 기분은 더 큰 쓸쓸함으로 돌아왔다. 정리를 다 끝내고 상자를 다시 닫는 순간 다시 현실로 돌아오며 그 시절의 행복했던 자신과 지금의 초라한 자신이 너무나도 대비되었기 때문이다.

결국 은재는 침대에 누워 잠들기 직전까지도 생각에 꼬리를 물고 또 물어 늦은 새벽에서야 잠이 들었다. 그렇게 우울했던 밤이 지나가고 아침이 되었다. 아침이라기엔 이미 하루의 반나절이 지난 오후이긴 하지만.

. . . .

"아."

오후 1시 12분. 은재는 진동음에 잠이 깨자마자 스마트폰 시간을 확인했다. 약속도 없는 일정에다가 어젯밤은 끝없는 생각에 사로잡혀 새벽 늦게야 잠들었으니 늦게 일어나는 것은 당연했다.

그리고 은재는 잠에서 깨면서 이번에야말로 진동음을 확실히 들었다. 하지만 역시 은재의 스마트폰에는 아무 알림도 없었다.

"악, 어제부터 자꾸 어디서 들리는 거야?! 이 진동음!!"

그 순간, 어제 충전기에 연결한 어린 시절 사용했던 그 스마트폰이 눈에 들어왔다. 투명색 젤리 케이스가 누런색으로 변색된 채 스티커로 덕지덕지 붙어 있는 그 오래된 스마트폰이 보였다. 연결된 충전기 케이블 선을 뽑고 전원을 켜보았다. 너무 오랫동안 방전된 탓인지, 그냥 오래된 탓인지는 몰라도 전원이 켜지는 데 오랜 시간이 걸렸다.

#2 메시지가 도착하였습니다.

. . . . — . . .

| 메시지가 도착하였습니다. |

어느새 켜진 스마트폰은 아까보다 더 크게 진동음이 울렸다. 어제부터 느꼈지만, 이 진동음은 일반적인 짧게 울리는 알림과는 달리 길고, 무엇인가 규칙 같은 것도 느껴졌다. 그리고 배경 화면 위로는

편지가 도착하였다는 알림창이 켜졌다.

| 눌러서 확인하기 |

| 취소 |

알림창은 이렇게 두 가지 선택지가 있었다.

"광고인가…? 요즘 광고는 뭘 광고하려는지 잘 모르겠다."

나는 갑자기 뜬 알림창이 무엇인가 광고하는 것 같아서 바로 취소를 눌러버렸다. 전원을 켜자마자 광고 알림창이 뜨는 것이 너무 이상해서 무슨 앱에서 실행된 광고인지 찾아보기 시작했다. 스마트폰은 내가 어릴 때 사용했던 그대로였다. 지금과는 추구하는 스타일 같은 것이 달랐나 보다. 지금 사용하는 스마트폰은 그냥 기본 배경 화면에 심플한 느낌인데, 그때의 스마트폰의 배경 화면은 핑크색에 그 당시 유행했던 귀여운 캐릭터가 그려져 있었고, 앱 아이콘도 귀여운 것들로 꾸며져 아기자기한 느낌 그 자체였다. 지금 쓰기에는 유치한 감이 좀 있지만 그래도 스마트폰만으로도 그 당시의 활기차고 밝은 느낌을 받을 수 있었다.

그때 처음 보는 앱 하나가 눈에 들어왔다. 그 앱 위에는 알림이 표시되어 있었다. 나는 잠깐의 고민도 없이 바로 그 앱을 클릭했다.

. . . .

곧바로 또 진동음이 울리더니 아까 봤던 그 알림창이 열렸다. 나는 깜짝 놀라 스마트폰을 잠시 떨어뜨렸다. 이내 다시 주워든 스마트폰으로 그 앱을 잠시 나와 검색창에 검색해 보았다. 은재의 머릿속에는 해킹, 사기와 같은 온갖 부정적인 생각만이 들었다. 검색창에 아무리 검색을 해보아도 연관 없는 내용만 가득할 뿐이었다.

너무 수상하게도 정보가 없는 그 앱에 대한 궁금증이 넘쳐났지만, 지금 당장 그 궁금증을 해결하기 위해서는 그 앱에 다시 접속해 보는 수밖에 없었다.

| '메시지함으로 가기' |

알림이 떠 있는 편지함 버튼을 클릭했다. 그 안에는 편지글이 도착해 있었다. 이메일 형식의 편지글. 나는 그 내용을 읽어보기 시작했다.

당신에게

안녕하세요? 고민을 들어주는 a입니다.

이 편지를 받는 당신에겐 고민이 있나요? 저는 예전의 저와 같이 고민에 사로잡혀 있는 사람들을 돕기 위해 이 편지를 쓰게 되었습니다. 어딘가에 털어버리고 싶은 고민이 있는데 그러지 못하고 혼자서 속으로만 힘들어하던 경험이 있으신가요? 저는 고민도 힘들었지만, 그것을 털어놓을 곳 하나 없다는 사실이 더 힘들었거든요. 어딘가에 털어놓기만 해도 고민이 줄어드는 경우도 있지요. 당신의 고민을 들어드리겠습니다.

"뭐지…. 나한테 온 거 맞나…? 왜 이 휴대전화기에 온 거지…? 광고인가?"

왜 오랫동안 사용하지 않은 채 방치된 어린 시절 사용하던 스마트폰으로 이런 편지가 온 것인지 궁금했다. 그냥 광고일 뿐인가 싶다가도 고민이라는 단어 하나에 솔깃한 마음이 들었다. 무엇을 광고하는지는 몰라도 내 고민을 어딘가 털어놓을 수 있다면 한 번 보내기만이라도 해볼까? 광고일 뿐이라면 그냥 무시하면 되겠지. 그냥 제품을 홍보하기 위한 상담원이 답장한다고 하더라도.

"고민은 많은데…. 뭐라고 보내야 하지?"

막상 보내려 마음먹으니 망설여졌다.

'보내주신 편지는 잘 받았습니다….' 삭제.
'안녕하세요? 정말 고민을 들어주시는 건가요?' 삭제.

"아!!! 정말 뭐라고 보내지? 이게 뭐라고 고민되네."

고민 상담을 위한 편지글마저도 고민하는 자신이 너무 한심스러웠다. 그렇게 대략 삼십여 분 동안 글을 썼다 지웠다를 반복한 후에야 글을 보낼 수 있었다.

a께.

'안녕하세요. 고민을 들어주신다고 하여 이렇게 글을 쓰게 되었습니다. 이 글을 쓰는 동안에도 끊임없는 고민으로 망설여지고 있네요. 저는 고민이 많습니다. 먼저 저는 진로 고민을 하고 있습니다. 이 진로는 제가 중학교 때부터 무작정 하고 싶다는 마음으로 시작하여 점점 진심이 되었는데요. 그렇게 진심을 다해 노력하여 꿈에 다가가고 있다고 느껴졌었습니다. 하지만 막상 와 본 이곳은 제가 생각해 왔던 것과는 달랐습니다. 긴 시간 동안 이 진로를 바라보고 있던 동안에 누군가 이것들을 알려준 사람은 없었습니다. 무슨 일을 하고 어떤 것을 배우는지도 잘 모르는데 선택을 해야 하고, 선택한 후에야 자신의 적성에 맞는지 알 수 있다는 게 참 어려운 것 같습니다. 검색하면 나오는 그런 기본적인 내용만으로 꿈을 바라봐 왔더니 기대한 것과 달라 어떻게 해야 할지 모르겠습니다. 이제 와서 진로를 바꾸자니 훨씬 전부터 노력해 온 경쟁자들과 새롭게 시작하는 저는 격차가 많이 벌어져 있을 것 같고…. 그렇다고 제가 하고 싶은 게 생긴 것도 아닙니다. 그냥…. 그냥 저는 잘 모르겠습니다. 제가 뭘 좋아하는지, 뭘 잘하는지, 뭘 해야 하는지….'

제대로 정리되지 않은 글. 생각나는 대로 바로 쓴 글이다. 누구든 그냥 내 망설임에 대답해 주기를.

"…."

이 편지를 받은 사람이 누구일지는 몰라도, 설령 진짜 제품 홍보가 목적인 상담원일지라도 사람이라면 글을 읽고 답장하는 데까지는 시간이 어느 정도는 걸릴 것이다. 그럼에도 나는 보낸 지 얼마 되지도 않은 편지의 답장을 기다리고 있었다. 누군가 나의 고민을 해결해 줄 것을 기대하면서 말이다. 나는 이 와중에도 나 혼자 해결해 내고 어떻게 개척할지 고민하는 것이 아니라 누군가가 도와주기를 기다리고 있는 것이다.

결국 바로 답장을 받는 것은 포기하고 스마트폰으로 알고리즘이 이끄는 대로 의미 없는 영상 시청만을 이어 나갔다. 물론 오랜만에 발견한 옛날 휴대전화기가 아닌 현재의 내 스마트폰으로.

그 알고리즘 사이에서 발견한 영상은 해외의 끝없이 펼쳐진 들판의 절경과 어릴 적 봤던 동화에 나올 것 같은 마음이 포근해지는 아기자기한 집들, 한 번도 본 적 없는 아름다운 푸른색의 맑은 호수를 담은 영상이 평화로운 배경음악과 함께 재생되었다. 해외여행을 단한 번도 가본 적이 없는 나는 그곳이 동화나 판타지 장르에만 존재할 듯 무척이나 경이로웠다. 내가 살고 있는 세상 어딘가에는 저런 곳이 존재한다는 게 믿어지지 않았다. 저 아름다운 세상에서는 아름다운 일만이 일어날 것이라는 착각도 들었다. 나는 그 영상에 푹 빠진 채 한 시간에 가까운 56분짜리 영상을 스킵과 배속 없이 감상하며 매료되어 갔다. 이렇게 오랜만에 무언가에 빠진 것 같다가도 언제 그랬냐는 듯 잠시 후면 나는 다시 알고리즘에 이끌려 다닐 것이 분명하지만 말이다.

그렇게 기다리던 답장이 온 것은 잠들기 직전의 한밤중이었다.

이제는 바로 알 수 있었다. 이 진동음은 나의 고민을 들어줄 답장이 왔다는 것이다. 나는 재빨리 그 스마트폰을 가지고 왔다.

| 메시지가 도착하였습니다. |

역시나 뜨는 알림창. 그곳엔 익명의 a라는 사람에게 긴 편지가 도착해 있었다. 이 긴 글 속에는 해답이 있을까?

당신에게

안녕하세요? 고민을 들어주는 a입니다.

편지를 받고 정말 많은 감정이 들었습니다. 정말 남 일같지 않은 얼마 전까지의 제 자신이 했던 고민과 정말 비슷했거든요. 그 고민을 떨쳐버리기까지 정말 힘들었고, 오래 걸렸는데 지금은 뭐 다 해결되었습니다. 지금 그 고민만 하던 때로 돌아가라고 하면 솔직히 가진 않을 것 같긴 한데, 그 고민을 하던 과정은 정말 중요한 시간인 것 같아요. 그 고민의 시간을 거쳐 지금의 내가 된 것 같다는 생각도 들어요. 저도 한 때 무언가를 할 때마다 '내가 뭘 해야 하지?', '내가 뭐하는 거지?'라는 생각밖에 들지 않을 때가 있었거든요. 그래서 단지 제가 추천해 드리고 싶은 것은 한 번 마음을 비우는 시간을 가지는 것을 추천하고 싶네요. 여행을 떠나 보는 것은 어때요? 혼자 여행하다 보면 다양한 상황을 만나게 되고 그 상황을 스스로 혼자 이겨내다 보면 좀 더 자신을 알아갈 수 있고, 의지할 곳 또한 자신밖에 없을 테니 좀 더 나은 자신을 만나는 경험을 할 수 있을 거예요. 또 정말 많은 걸 얻게 될걸요? 여행에서 사진도 많이 남겨본다면 분명 좋은 추억거리로 남을 수도 있을 거예요.

공감이 담긴 편지글이었다. 분명 이 글에서 나는 해결을 얻을 수 없었다. 하지만 머릿속에 입력되어 지워지지 않는 한 단어가 있었다. '여행'.

내가 마지막으로 여행을 갔던 게 언제더라. 고등학생 때는 아예 멀리 여행한 기억이 없다. 기억나는 거라면 학교에서 갔던 수학여행이었던가? 그땐 재밌었지만 돌아오고 나니 괜히 시간 뺏긴 것 같고 별로였던 기억밖에. 아니다. 하나 더 있다. 친구의 계속된 부탁에 시험 끝나자마자 주말에 같이 갔던 그 바다. 사진 찍는 것조차 익숙지 않아 표정도 어색하게 남은 사진들을 보며 웃었던 기억이 떠올랐다. 그것도 아마 고1 때가 마지막이었겠지.

"그때 그 친구는 뭐할까?"

'2학년 올라가면서 점점 뜸해지더니 이젠 소식도 모르겠다. 솔직히 진짜 뭐 하고 살지 정도만 궁금하다. 걔는 나를 기억하기는 할까?'

소속되었던 조직이 끝나면 그 관계 또한 끝나버리는 이런 인간관계만을 반복했던 나였기에 이젠 어떻게 사람을 대해야 할지도 모르겠다. 당시엔는 그렇게 평생 함께할 줄 알았던 친구 사이는 언제 그랬냐는 듯 가까워졌다 멀어지는 것을 반복한다. 다들 어릴 때부터 함께 해온 소꿉 친구 하나쯤은 있던데. 그 애들은 어떻게 계속 그런 관계를 유지하는 걸까? 그렇다고 깊게 지내고 싶지도 않다. 그냥 모두하고 어느정도 거리를 둔 채 지내고 싶을뿐. 계속 이러한 인간관계를 지속하려 노력하는 것조차 이제는 스트레스로 돌아오는 것 같다.

#3 바다

- 첫 번째 날,

"바다 냄새 좋다. 아."

바다 특유의 짭짤한 이 냄새는 내가 바다에 온 것을 실감 나게 해주었다. 오랜만의 바다가 반가웠다.

휴가철의 바다라 그런지 바닷가에는 사람들로 붐비고 있다. 사람들은 바닷가 바로 앞에 모여 돗자리에 앉아 바다를 구경하거나, 이미 그 바다 안에 들어가 물놀이를 즐기고 있었다. 나는 그 사람들과는 조금 떨어져 모래 위를 걷기 시작했다. 신고 있던 샌들마저 벗어 손에 쥐고서 천천히 걸어 나갔다. 모래를 밟는 한 걸음마다 고운 입자의 모래는 내 발을 감싸듯이 스르륵 모였다가 발을 떼자 다시 스르륵 흩어졌다. 여름날의 따가운 햇빛을 받고 있던 모래라 너무 뜨거워 오래는 못 걷겠지 했었지만, 생각보다 뜨겁지 않고 발을 포근하게 감싸주는 모래의 느낌이 나를 오랫동안 머무르게 했다. 지금 이 모래와 함께 나를 더 평화롭게 만드는 것이 또 하나 있었다. 사람들의 시끄럽고도 행복한 웃음소리 뒤로 차분히 들리는 파도 소리가 들린다. 나는 이 바다의 소리가, 파도치는 소리가 좋다. 걷던 걸음을 멈추고 귀를 기울여 본다. 집중하다 보면 주변 말소리마저도 고요하게 멈추고는 바닷소리만이 들리는 것 같기도 하다. 역시 직접 듣는 소리만큼은 무엇도 따라 할 수 없는 것 같다. 내가 스마트폰으로 이 파도를 녹음한다고 해도 내 귀로 직접 듣는 이 느낌만큼은 따라올 수 없겠지. 할 수만 있다면 내 귓속에 저장하여 듣고 싶을 때마다 찾아 듣고 싶을 정도였다. 그렇게 할 수는 없으니 지금 이 평화로움의 소리를 기억으로 담아가야지. 생각해 본 적은 없었지만, 나는 평소에도 바다를 좋아했던 것 같다. 어떤 날은 내게 휴식이 필요해 집에서 힐링을 찾고자 집 안의 창문을 모두 열어놓고서는 언젠가 선물로 받았던 '쿨워터향'의 인센스 스틱을 피우고, 유튜브로 파도소리 ASMR을 틀어둔 무선 헤드셋을 낀 채로 독서나, 그림 그리기 등의 취미생활을 하며 보냈었다. 그때 읽은 책과 그렸던 그림마저도 바다와 관련되었던 것들뿐. 바다는 힘들었던 것들을 잠시나마 잊게 해주는 것 같다. 바다를 보면은, 바다를 듣다 보면은.

"저기….."

고요한 바다에서 말소리가 들렸다. 누군가 내게 말을 걸었다. 바다에 집중한 나머지 내게 누군가 다가오고 있는 것을 눈치채지 못했다.

"네?"

"안녕하세요, 혹시 지금 괜찮으시다면 저희 사진 좀 부탁드려도 될까요?"

카메라를 손에 쥐고 다가온 여자의 뒤로 벌써 물놀이를 이미 열심히 하고 온 듯한 아이들과 그 아이들의 아버지로 보이는 사람이 서 있었다.

"네, 물론이죠. 저 바다가 보이게 찍어드리면 될까요?"

나는 반갑게 부탁을 받아들이고는 카메라를 받아들었다. 여자는 내게 간단한 카메라 작동법을 알려주고는 카메라 안의 화면에 들어왔다.

"하나 둘, 셋." 찰칵.

"하나 둘, 셋." 찰칵 찰칵.

사진을 여러 번 찍고 카메라를 돌려주었다. 평소 사진을 잘 찍지는 못했지만, 한 가족의 행복한 순간이 담겨서 그런지 이번만큼은 사진이 잘 나온 듯했다.

"오, 사진을 정말 잘 찍으시네요? 감사합니다."

내게 사진을 찍어달라 요청하던 여자가 사진을 보며 감탄했다. 나는 멋쩍게 웃었다.

"감사합니다!!"

열심히 물속에서 놀았는지 햇빛에 얼굴이 익은 아이들이 큰 소리로 감사 인사를 하고 갔다. 행복한 가족을 바라보니 보는 나까지 행복해지는 느낌도 받았다.

점심때가 되어서 그런지 물에 있던 사람들이 나와 하나둘씩 줄어들었다. 나는 그때 말고는 없겠다 싶어서 물 가까이 갔다. 나는 깊은 곳에 들어가기보다는 바지의 밑단을 살짝 걷고 얕은 물에 발 정도만 담가보았다. 작게 일렁이는 파도 안에 발을 담그니 여름날의 더위가 싹 가시는 듯했다.

이러고 있다 보니 여행을 시작하길 정말 잘했다는 느낌도 들었다.

처음 편지를 받았을 때만 해도 '여행'이라는 단어 하나가 머릿속에서 계속 맴돌며 계속 고민만 되었었다. 여행하기에 생각해야 할 것들이 한두 가지가 아니었기에 망설여졌었다. 일단 어디를 여행할 것인지, 여행할 수단은 무엇인지, 당일치기할 것이 아니라면 숙소 또한 필요했다. 하지만 한창 여름 휴가철이던 요즘에는 여행지 근처의 펜션 같은 숙소는 이미 예약이 꽉 차 있을 것이었다. 일단 다행인 점은 작년 수능이 끝나자마자 운전면허증을 따놓은 것이었고, 낡고 오래되었지만, 아버지가 예전에 타시던 차를 타도 된다고 허락을 받은 상태라는 것이었다. 학교 근처에 이사를 온 이후로는 차를 탈 일이 없어져 잊고 있었는데, 일단 여행할 교통수단은 해결된 것이었다.

그 이후로 유튜브를 통해 열심히 여행 유튜버들의 vlog들을 보면서 '차박'이란 것 또한 알게 되었다. 그렇게 숙소도 잡을 필요가 없어지자, 스마트폰 메모를 켜서 평소 하고 싶었던 것, 가고 싶었던 곳들을 정리해 봤다. 일명, '여행 버킷리스트'였다. 그중 첫 번째는 바로 바다였다. 여행지까지 고르고 나니 망설일 것이 사라졌고 여행 준비를 시작했다.

.

.

.

찰칵-

나는 목에 걸려 있던 카메라로 파도 속에 담군 발을 찍었다.

"이 카메라…. 다시는 안 쓸 줄 알았는데…."

장난감처럼 작은 카메라에는 '이은재'라는 네임스티커가 붙어 있다. 중학생 시절 카메라에 빠졌었고, 용돈을 모아 어렵게 샀지만 용돈 모으는 시간만큼이라도 즐겼으면 좋았으련만. 나의 그 즐거움은 한 달도 가지 못하였다. 처음 카메라를 샀을 때만 해도 이것저것을 다 찍으러 다녔었고, 동네에서 찍을 수 있는 건 다 찍었던 것 같다. 그때가 겨울이었으니깐, 동네 아이들이 만들어 놓은 작은 눈사람, 푸르던 나뭇잎이 다 떨어져 앙상하게 가지만 남은 나무 위에 쌓인 눈, 그리고 동네 고양이란 고양이는 다 찍어놓았던 것도 기억난다. 치즈냥이, 다른 고양이한테 준 간식도 다 뺏어 먹던 뚱냥이. 나름대로 이름을 지어줬던 것까지 기억이 났다. 카메라에 금방 질려서 서랍 속에만 넣어뒀던 오래된 이 디지털카메라가 작동할 줄은 몰랐었다.

첨벙첨벙-

일부러 동영상을 키고 발을 움직여 보았다. 첨벙이는 물소리를 동영상으로라도 담아가야지. 그렇게 한참을 물속에서 놀았던 것 같다. 오랜만에 주어지는 내게 평화롭고도 힐링이 되는 시간.

물에서 나와서는 수돗가에 가서 발을 씻기 위해 다시 모래 위를 걸었다. 아까와는 다른 느낌의 걸음이었다. 바다의 물기가 묻은 발에 모래들이 달라붙었다. 약간은 찝찝하고 발걸음이 무거운 것 같기도 했지만, 신기한 느낌의 걸음에 재미있기도 했다. 그 신기한 걸음을 즐기면서 걸어갔더니 어느샌가 수돗가에 달해있었다. 달라붙었던 모래들이 씻겨나가니 시원하면서도 이젠 바닷가를 나온다는 사실이 아쉬웠다. 일상이 지쳐갈 때쯤에 다시 돌아올 바다야.

　오후 4시. 나는 이제서야 늦은 점심을 먹으러 나왔다. 점심시간에 가면 사람들이 많아 대기를 해야 하기도 했고, 딱히 배가 고프지도 않았기에 늦은 점심을 먹게 되었다. 나는 주변 식당을 둘러보면서 가게들을 검색해 봤다. 괜찮은 가게인지 검색하기보다는 브레이크타임이 아닌 가게를 찾기 위해서였다. 그렇게 들어가게 된 가게는 백반 중심의 한식당이었다.

　주문하고 기다리면서 아까 찍은 사진들을 보고 있었다. 너는 절대 사진은 찍지 말라던 친구의 평가답게 내가 찍은 사진은 대충 형태만 알아볼 정도로 못 찍은 사진이 대부분이었다. 흔들려서 대충 푸른색의 바다 사진, 잘 찍었나 싶었지만 카메라의 가장자리에 살짝 가린 손가락, 카메라를 뒤집어 셀카처럼 내 모습을 찍은 사진은 역광…. 그야말로 심각했다. 아까 그 가족들 찍어준 사진은 잘 나왔는데 어떻게 하면 사진을 잘 찍을 수 있을지 너무 궁금해졌다.

　"식사 나왔어요."

　식당 주인아주머니가 웃으면서 식사를 가져다주셨다.

　"혼자 여행 왔어? 대단하네. 요 앞에 바다 보고 왔어?"

　아주머니가 반찬들을 식탁에 하나둘씩 올려두며 말을 걸어왔다. 말투에서 드러나는 사투리에 나와는 다른 지역의 사투리임에도 정겹게 느껴졌다.

　"네. 바다가 정말 예쁘더라고요."

나도 웬지 편안하게 대답할 수 있었다. 평소에 옷 가게에서 따라다니며 말을 거는 직원들도 불편했던 나이기에 내가 지금 얼마나 편안한지를 알 수 있었다. 그렇게 몇 마디 더 주고 받다가 아주머니는 다시 일하러 가셨다.

역시 바닷가 근처답게 반찬들에 해산물이 많았다. 싼 가격이 믿기지 않을 정도로 많은 반찬에 한번 놀라고, 음식의 맛에 또 놀랐다. 요새 집에서는 밥해 먹기 귀찮기도 하고 해서 인스턴트나 배달 음식으로만 때워서 오랜만의 제대로 된 음식을 먹으니 든든해졌다. 그냥 배부르다는 느낌과 속까지 따뜻해지는 든든함은 역시 다른 것 같았다. 다음에 이곳에 또 온다면 다시 이 가게를 찾아야겠다고 다짐한 채 식당을 나왔다.

가게에서 나와서는 차로 돌아가서 잠깐의 휴식을 취했다. 그리고 나는 또 다른 바닷가로 향했다. 이번 바닷가는 조약돌과 자갈로 가득한 해변이었다. 나는 해가 지기 전에 할 일이 있었다. 뒷좌석에 놔둔 가져왔던 커다란 가방에서 목장갑과 투명한 병을 꺼내왔다. 그렇게 나는 조약돌 사이사이를 살펴보며 돌아다녔다.

"헉, 실제로 보니까 더 예쁜 것 같아!"

나는 바닥에서 조각 하나를 집어 들어 올렸다. 그 조각을 들어 올려 햇빛에 비춰 보았더니 더욱 영롱하게 빛이 나고 있었다. '여행 버킷리스트' 중 하나인 '씨글라스(Sea Glass) 줍기'를 하고 있다. 씨글라스를 알게 된 건 또 유튜브 영상 알고리즘 덕분이었다. 씨글라스는 바다에 버려진 유리가 풍화되면서 생기는 보석 같은 유리 조각이라고 한다. 쓸모없어 아무 데나 함부로 버려졌던 게 파도에 밀려, 돌에 부딪혀 아름다운 보석 같은 유리 조각으로 만들어진다는 게 내게는 너무 흥미롭게 다가왔다.

주운 씨글라스들을 투명한 유리병에 담았다. 내가 주운 씨글라스는 대부분이 파란색과 초록색이었다. 이 색들이 가장 많다고도 들은 것 같다. 모아두니 에메랄드같이 푸른 바다의 조각들 같았다. 모은 이 조각들은 나중에 세척하고 목걸이나 키링으로 만들어서 간직해야겠다.

이제는 자갈 해변을 구경하는데 아까 봤었던 모래 해변과는 또 다른 느낌이었다. 이번엔 물에 들어가지 않고 해변가를 따라 산책을 했다. 물에 젖은 돌들이 내가 걸을 때마다 서로 부딪히며 소리를 냈다. 해가 내 머리 위에 바로 떠 있어 따가운 햇빛을 맞던 아까와는 달리 이젠 제법 날이 저물어 가는지 선선하게 바람도 부는 듯했다. 바다 위에 떠서 주변을 붉게 물들이는 노을을 감상했다.

찰칵-

"못 찍더라도 사진은 남겨야지 뭐."
바다 위에 떠 있는 노을을 찍었다.

오후 7시 30분이 훌쩍 넘어가는 시간, 점심을 늦게 먹어서인지 딱히 배가 고프지 않았다. 이제 붉게 물들었던 하늘은 온데간데없고 캄캄한 밤이 찾아왔다. 캄캄한 어둠 속에 하늘을 올려다보니 작은 점들이 빛나고 있었다. 사람들이 왜 별을 따다 주겠다고 하는지 알겠다. 별은 무척이나 아름답고도 멀리 있구나.

또 한 번.

찰칵-

뭐가 보이지도 않는 새카만 화면만이 카메라에 담겨 있었다. 이 아름다움은 눈에만 담을 수 있나 보다. 바다와 좀 더 떨어져 돌이 젖지 않은 마른 자갈돌 위에 턱 앉았다. 그리곤 별들 하나하나를 눈에 담기 시작했다. 밤에도 낮처럼 밝은 도시에서는 쉽사리 볼 수 없는 풍경이었다.

"달이 비치는 바다도 좋다."

보름달이 되기 전의 다 채워지진 않은 달이었지만 밝게 빛나며 바다를 비추고 있었다. 저런 걸 윤슬이라고 부르던가. 계속해서 일렁이는 저 잔물결이 나를 바다로 부르는 듯했다. 하지만 밤바다는 매우 차갑다. 낮에나 한번 들어가 볼걸 하는 후회도 들었다. 이젠 제법 서늘해진 날씨에 바닷가에 계속 앉아 있다가는 감기에 걸릴 것 같았다. 해변에서 나와 온갖 가게와 카페들이 넘쳐나는 길을 걸었다.

결국 배도 고프지 않겠다 바다나 더 보자는 결론에 이르러 밝은 조명들로 가득한 바다가 보이는 카페로 들어왔다. 난 항상 카페에서는 가장 싸고 피곤에서 나를 도와줄 카페인이 가득한 아메리카노만을 마셔왔다. 하지만 오늘만큼은 커피를 마시지 말아야지.

"저, 딸기 요거트 스무디 하나랑 초코 롤 케이크 한 조각이요."

평소에 절대로 먹지 않는 조합의 주문이다.

"네, 음료가 완성되면 진동벨로 알려드릴게요."

진동벨을 받고 1층에서 음료가 나오기를 기다리며 스마트폰을 봤다. 85%. 아침에 100%까지 충전하고 나온 것 치고 지금이 8시가 넘었는데 배터리가 별로 닳지 않았다. 하긴 아까 점심때 식당 잠깐 검색할 때 말고는 오늘 한 번도 스마트폰을 사용하지 않았다. SNS도 한 번도 접속하지 않았다. 잠시 쉬어줄 때도 필요한 것 같다.

–지이이잉.

진동벨이 울렸다.

카운터에서 트레이를 받아 꼭대기인 루프탑으로 갔다. 카페에 들어오기 전 잠깐 차에 가서 겉옷을 챙겨오길 잘한 것 같다. 아무리 여름이라도 바닷바람은 무시 못 하겠다. 바다를 바라보며 주문했던 딸기 요거트 스무디를 한 입 마셨다. 온몸에 달달함이 흐르는 듯했다. 초코 롤 케이크를 한 입 먹는 순간 후회가 몰려왔다. 평소에 달달한 걸 좋아하지도 않으면서 달달한 거에 달달한 거 조합이라니 너무 속이 달았다. 이 초코 롤 케이크는 너무 달아서 쌉쌀한 커피와 잘 어울릴 것 같았다.

"그냥 아메리카노 마실걸."

함부로 안 하던 걸 도전했다가 후회만 하는 지금이다. 하지만 마셔봐야 다음에 안 먹든지 하겠지. 처음부터 내가 어떻게 알겠어. 이 딸기 요거트 스무디도 디저트 없이 단독으로 혼자 마셨으면 괜찮았을걸? 하며 깨닫는다.

카페에서는 어디선가 들어본 적 있는 팝송이 흐르고 있었다. 나도 모르게 작게 콧노래를 흥얼거리다가 주변을 둘러보았다. 다행히 아무도 없었다. 아무도 없는 김에 일어나 바다가 보이는 난간으로 향했다. 난간 앞에서 양옆으로 팔을 쭉 뻗은 뒤 바닷바람을 온몸으로 느껴보았다. 음악 두 곡이 다 끝날 때까지 그러고 있었던 것 같다.

　자동차는 차박이 가능한 야영지에 세워졌었고, 돌아오니 많은 차가 있었다. 캠핑카 그 자체도 있었고, 차에 텐트를 연결한 사람도 있었다. 요새 이렇게 전문적으로 캠핑 다니는 사람들이 많다고는 들었는데, 이렇게 전문적이고 많을 줄이야. 나는 그냥 자동차에서 의자를 최대한 뒤로 한 채 자려고 했는데. 나도 자주 여행을 다니게 된다면 저렇게도 준비해 봐야지 하며 차 안에 들어왔다. 차에 들어와서는 창문을 살짝 열어두었다. 그리고 OTT를 연결하여 영화를 시청하였다.
　나는 작품에서 계절감을 느낄 수 있는 작품을 좋아한다. 그래서 여름에 겨울 감성의 영화를 보면 빨리 겨울이 왔으면 하기도 한다. 작품을 보면 겨울이 마치 포근하고 따뜻하게 느껴진다. 하지만 현실은 롱패딩 없이는 버티기 힘든 추위인데도 말이다. 반대도 마찬가지이다. 겨울에 여름 감성의 영화를 본다면 여름이 청량하고 시원할 것만 같다. 여름의 에어컨 없이는 버티지 못할 열대야와 폭염은 잊은 채 말이다. 괜히 그런 영화를 보고 나면 그 계절을 동경하게 되는 것 같다. 그렇게 지금 당장의 계절을 잊을 수 있을 정도로 그 영화에 몰입할 수 있는 영화를 좋아하는 것 같기도 하다. 어떤 날에는 감상하다 보니 같은 세계관에 있으면서 제삼자로 그들을 구경하는 것처럼 느껴질 때도 있다. 너무 몰입한 거겠지. 그래서인지 나는 웬만하면 해피엔딩으로 끝나는 작품이 좋다.

그래서 내가 지금 볼 영화는 계절 관련 영화이다. 여름의 청춘들의 로맨스 이야기를 담은….

그렇게 잠든 것 같다. 솔직히 어디까지 봤는지도 모르겠다. 튼 지 얼마 안 되어 바로 잠든 것 같다. 일어나 보니 영화가 끝난 채 화면 도 자동으로 꺼져 있었다. 아무래도 다음 번에 다시 봐야 할 것 같다. 어제 오랜만의 여행으로 지쳤던 것 같다. 침대가 아닌 곳에서는 잠 들기 힘들 줄 알았는데 바로 잠들었던 모양이다. 심지어 푹 잘 자고 일어나서 개운하기까지 한 아침이다. 일어나서 차 밖으로 나와 기지 개를 켜며 아침의 공기를 들이마셨다. 뭔가 아침의 공기는 왠지 상 쾌한 것 같다.

#4 숲

- 두 번째 날,

어제는 바다를 갔으니 오늘은 산으로 간다. 원래라면 무조건 완벽 한 플랜으로 가득했을 것이고, 거기서 틀어지는 게 있었다면 또 스 트레스를 받았을 텐데. 그냥 a의 조언대로 깊은 계획 없이 여행하려 한다. 여행을 말하던 그 편지글 뒤로 난 a와 몇 번의 편지를 더 주고 받았다. 하지만 편지라고 부르기 우스울 정도의 그냥 메시지를 주고 서 받았다고 하는데 맞겠다. 내가 그럼 여행 계획은 어떻게 세우나고 물으니, a는 내가 스트레스받는 원인 중 하나가 너무 빡빡한 계획을 세운다는 것도 한몫하는 것 같다고 했다. 사실 맞는 것 같다. 나는 공부할 때도 그랬다. 하루 안에 해내기 힘든 만큼의 공부 계획을 세워두고는 다 못 지켰다고 자신에게 화가 난 적도 많은 것 같다. 그래서 이번에는 즉석으로 여행을 떠나려 한다. 산에 가야겠다는 생각도 어제 씨글라스를 주우며 갑자기 생각이 들었던 것이었다. 이런 갑작스런 여행도 나름 재미있는 것 같다.

시티팝 감성의 팝송을 들으며 운전을 했다. 여행을 떠나는 길이라 신나는 노래를 듣는다. 널널한 주차 공간에 주차를 끝마치고 내린 곳은 휴게소였다. 어제 케이크 한 조각과 음료 한 잔으로 저녁을 때운 것은 무리였나보다. 아침이 되자 배고픔이 몰려왔다. 그래서 곧바로 휴게소의 식당으로 달려온 것이다. 뭐 먹지를 한참을 고민하다가 결국 고른 건 김치찌개 정식이었다. 어제도 그렇고, 나는 인스턴트나 배달 음식이 아닌 든든한 밥이 그리웠나 보다. 나는 혼자 자취를 하면서 깨달은 사실은 내가 음식 요리에 전혀 소질이 없다는 것이었다. 그래서 배달 음식이 질리더라도 계속 시켜 먹었다. 한 번 요리를 하면 설거지거리는 산더미에, 맛도 보장할 수 없었기에. 맛있게 식사를 마친 후에는 다시 차를 타고 운전을 시작했다.

내가 오를 산 밑의 주차장에 도착했다. 나는 산을 오르기 위해 옷을 갈아입었다. 산을 오를 때에는 진드기 등의 위험이 있으니, 여름에도 긴팔, 긴바지를 입으라는 말이 생각났다. 등산을 하기 위한 편한 바지와 반팔 티셔츠 위에 얇은 바람막이 점퍼를 입었다. 신발은 따로 등산화가 있었으면 좋았을 테지만, 없는 관계로 어제 신었던 샌들은 적합하지 않으니 가져왔던 운동화라도 신고 올라갔다. 그리고 짐이 될 수 있으니, 가방에는 상비약과 물, 모자, 약간의 간식거리를 제외하고는 모두 비웠다. 올라가기 전 가볍게 몸을 풀었다. 목을 돌리고, 팔을 쭉 뻗고. 솔직히 아까 했던 기지개와 뭐가 다른지는 잘 모르겠지만 말이다.

그렇게 산을 오르기 시작했다. 처음엔 당연히 오를 만해서 산책하듯이 걸었다. 푸르른 나무들을 보며 자연을 만끽할 수 있었다. 짙은 초록빛의 나뭇잎은 여름을 알리는 것 같았다. 더위를 막아주는 나무 그늘에게 고마웠다. 올라가다 보니 도대체 언제부터 오르기 시작하셨는지 모를 아주머니들이 벌써 내려오고 계셨다. 나도 일찍 온 것인데 벌써 내려오는 것은 새벽부터 오르신 걸까. 속으로 감탄하면서 올라갔다. 어렸을 때는 여행과 등산을 좋아하시던 부모님 덕분에 산에 자주 올랐던 것 같다. 하지만 나는 그게 정말 싫었다. 산에는 벌레도 많고 재밌는 것도 없었으니깐, 어차피 다시 내려올 거 왜 올라가냐는 식으로 말이다. 하지만 이젠, 알게 되었다. 그것을 뛰어넘는 푸름의 아름다움을 말이다.

하지만 나는 벌써 지쳐가고 있었다. 이때가 올라간 지 30분 정도 되었을 무렵이다.

"와아아아-"

앞에 초등학생으로 보이는 꼬마가 달려간다.

'그래. 어린 애도 가는 길인걸. 아직 걸어갈 힘이 많이 남아 있어.'

혼자 뛰어가는 어린이를 보고 자신도 할 수 있을 거라 위로하며 다시 걸어나간다. 가져온 물을 한 모금 마시고 다시 한번 힘을 내본다.

물을 마시면서 왔던 길을 바라본다. 녹음이 짙다. 계속 걷다 보면 어릴 적 봤던 지브리의 영화처럼, 꼭 무슨 신비로운 일이 일어나며 모험의 여정이 시작될 것만 같다.

도시의 소음을 떠나 진정하게 만난 여름의 소리를 들어본다. 매미 소리가 울려 퍼진다. 지금은 이 시끄러운 매미 소리가 싫지만은 않다. 언제는 아침부터 울어대는 매미 소리에 잠이 일찍 깨지던 날이 있었다. 그날은 수업도 없는 날이어서 하루 종일 잠만 자며 푹 쉬고 싶었다. 하지만 매미는 그렇지 않나 보다. 불쾌한 아침이었다. 그게 매미도 매미 나름대로 살아가는 방법이란 것을 안다. 어디선가 들었던 것 같다. 매미는 몇 년을 땅속에서 지내다가 짧게 지상에 머물며, 짝을 찾기 위해 시끄럽게 울어대다가 죽는다고. 그렇게 생각하니 매미의 일생이 안타깝기도 했다.

"어, 다람쥐다!"

한 여자아이가 크게 외치고서는 천천히 다람쥐 쪽으로 걸어갔다.

그쪽을 바라보니 정말로 다람쥐가 무엇인가를 주워 먹고 있었다. 평소에 쥐는 징그럽다고만 생각했었는데 왜 다람쥐는 그렇게 느껴지지 않을까. 도시에 있을 때는 매미나 쥐는 불청객이라고 생각했었다. 하지만 그들은 나보다 먼저 이 자연 속에 살고 있었던 것이다. 인간에게 쫓겨나 살 곳이 점점 줄어드는 동물들. 인간이 너희에겐 불청객이었겠구나.

걷다 보니 어느새 올라온 지 1시간이 지나 있었다. 학교 건물 4층도 계단으로 올라가기 버거워하는 나에게는 정말 놀라운 일이 아닐 수 없었다. 등산로 옆에는 작은 폭포에서부터 이어진 계곡이 흐르고 있었다. 위험하다는 이유로 출입을 통제해 들어갈 수는 없다. 그래서인지 물이 바닥이 비칠 정도로 투명했다. 더욱 신비로워 보인다.

- 찰칵

그 작은 폭포를 카메라에 담는다.

폭포를 배경으로 하고 사진을 찍는 사람들이 많이 보인다. 나도 지나가는 한 여자에게 사진을 부탁해 본다.

"괜찮으시다면 제 사진 한 번만 찍는 것 좀 부탁드려도 될까요?"

어제 만난 그 가족처럼 나도 누군가에게 부탁했다.

그 여자는 알겠다는 긍정의 표정을 한 뒤 내가 건넨 카메라를 받아들었다.

- 찰칵.
- 찰칵.

"네, 감사합니다. 우와, 어떻게 이렇게 사진을 잘 찍으세요?"

내가 찍은 사진들과는 달리 사진 안에 카메라로 담을 수 없어 눈으로만 담았던 자연의 경이로움이 담겨 있었다.

"아, 고마워요. 제가 한때 사진작가를 꿈꿨었거든요. 지금은 그냥 취미로만 하고 있지만요."

그 여자도 나처럼 혼자 여행하는지 혼자 있었다. 그렇게 다시 각자의 길로 걸어갔다.

혼자 여행을 다니다 보면 어려운 점도 만나고 외로울 것 같기도 했었는데 전혀 그렇지 않아서 놀랐다. 원래 혼자 걸어 다닐 때는 무선 이어폰이 필수였는데, 산길의 소리를 들으며 걸으니 그런 건 필요 없었다.

.

.

.

올라온 지 2시간이 약간 넘어가는 무렵, 산의 정상에 도달했다. 산의 정상에서 밑을 내려다보니 도시 하나가 다 보이는 것 같다. 저 커다란 건물이 이렇게 작아 보이다니. 공기도 훨씬 맑은 공기가 흐르는 것 같다. 아, 상쾌하다.

"어?"

누군가의 놀라는 음성에 마주친 얼굴은 아까 내게 좋은 사진을 남겨준 그 여자분이었다.

"결국 올라왔네요? 아까 너무 지쳐 보이셔서"

여자가 웃으며 말을 건넸다.

"네, 평소에 운동을 너무 안 하고 살았더니….”

나도 웃으며 답한다.

"그쪽도 혼자 여행 오신 거예요?"

"네, 누군가 너무 지쳤을 때는 여행을 해보라고 추천을 해줘서요.”

우리는 그렇게 산 아래의 경치를 바라보며 대화를 나누었다. 그 여자의 이름은 민하라고 하며, 26살이라고 했다. 그렇게 즉석에서 언니 동생 사이를 하기로 했다.

"아, 언니. 그러면 저 사진 잘 찍는 팁 좀 알려주실 수 있어요?"

사진을 잘 찍고 싶었던 나는 어제, 오늘 찍은 사진들을 보여주며 민하에게 도움을 요청한다.

"글쎄? 나도 설명을 어떻게 해야 할지…."

민하는 망설이더니 대답한다.

"나도 딱히 설명은 못 하겠는데, 일단 자연은 피사체들이 다양하게 있어서 네가 강조하고 싶은 걸 명확하게 하는 게 좋을 거야."

그러더니 민하는 자신의 카메라를 들어 몇 번 각도를 옮기더니 셔터를 눌렀다.

–찰칵

민하의 사진은 배경을 흐리게 설정하고 나뭇가지 하나로 초점을 맞춰 메인인 나뭇잎 하나에 시선이 간다. 사진을 잘 모르는 내가 봐도 무엇을 표현하고 싶었는지 한눈에 보인다. 잘 찍은 사진은 이런 거구나. 뭘 표현하고 싶은지가 전달되는 사진.

나도 카메라 렌즈를 나무에 맞춰본다. 하지만 나는 초점이 쉽게 잡히지 않았다. 자꾸만 초점이 뒤에 보이는 다른 풀들에게 맞춰진다.

"자, 그러면 이렇게 해봐."

민하가 몇 번 내 손을 이끌어 카메라의 각도를 이동해 본다.

"지금 찍어봐."

찰칵-

　분명히 또 멋진 사진이 나왔지만, 이건 내가 찍은 게 아니었다. 민하의 작품일 뿐이지.

　"근데 그냥 간직만 하려면 굳이 잘 찍을 필요 없어. 일단 카메라는 잠시 내려두고 네가 담고 싶은 풍경을 바라봐. 다 눈에 담았으면 한 번 찍어봐."

　"잘 나오진 않았어요, 언니…."

　"근데 이제 그 사진 보면 네가 눈에 담았던 풍경이 기억 속에서 재생될 거야."

　카메라보다는 눈에 담는 게 중요하다는 말이겠지? 나도 사실 어제 바다를 보며 생각했던 사실이라 이제는 잘 찍으려 하기보다는 추억을 많이 담아가야겠다고 다짐했다.

　"그럼, 내가 은재 찍어줄게. 한번 저기 가서 서봐."

　갑자기 내 사진을 찍으려니 어색했지만 일단 가서 섰다.

　"아, 카메라 너무 응시하지는 말고. 음, 약간 사선으로 찍으니깐 네 왼쪽 눈에 초점을 맞춰볼게."

　몇 번 내게 지시를 주더니 금세 또 찍었다.

　– 찰칵.

　표정은 약간 어색한 감이 없지 않아 있었는데, 그 살짝의 어색한 표정만 뺀다면 내 인생 사진이 될 것 같다. 언니는 어떤 각도에서 어떻게 찍어야 잘 나올지 감이 바로 잡히는 걸까. 몇 번의 각도 변화와 지시를 주면 엄청난 작품이 탄생한다.

"언니는 이렇게 사진을 잘 찍는데 왜 직업으로 선택 안 했어요?"

나의 순전한 궁금증이었다.

"아, 그냥. 오랫동안 꿈으로 간직한 게 아니라 학생 때 잠깐 동아리가 사진부였거든. 그래서 딱히 전문적으로 배워본 적도 없었고, 내가 사진작가로서 성공할 수 있겠나 싶어서 진로로는 선택 안 했어."

"배워본 적도 없다고요? 이렇게 잘 찍는데….."

"그래도 나 포기한 건 아니다? 계속해서 사진 공모전 같은 거에는 시도하고 있어. 작은 공모전이지만 몇 번 입상한 적도 있고. 자격증도 나름 있어. 언젠가 다니던 회사도 퇴사해 버리고 스튜디오 차리는 게 현재 내 꿈이라고 할 수 있지."

"우와…."

아, 직업을 가진 후에도 꿈이 있을 수도 있구나. 달성하지 못했다고 꿈이 사라지는 게 아니라 계속 꾸고 있는 거구나. 그래, 달성할 때까지 포기만 하지 않으면 존재하는 거였어.

"근데 취미가 일이 되면 그 취미가 싫어질까 봐 그게 좀 두렵네."

민하가 말했다.

"언니는 안 그럴 것 같아요. 사진을, 카메라를 얼마나 사랑하는지가 보이는걸요. 그리고 싫어진다면 일이 싫은 거지 그 자체가 싫어지는 건 아닐 거예요. 일 좋아하는 사람이 어딨겠어요?"

나의 말에 민하가 싱긋 웃는다.

"오늘 찍은 사진은 메일로 보내줄게. 메일 좀 알려줄래?"

.

　.

　.

　여행에서 돌아온 나는 그날의 바다를 흉내내어 본다. 전에 했던 것과 같이 말이다. 창문을 활짝 열어두고는 인센스 스틱을 피워본다. 창문 밖에는 도시의 소리가 들려온다. 하지만 귀를 기울여 보면 도시의 소음 사이에 자연이 소리 또한 들려온다. 꽉 막힌 퇴근길의 가득 찬 자동차의 경적 소리보다 더 가까이에서 커다란 나무에서 나는 찌르르 우는 자연의 소리를 들을 수 있었다. 나는 저녁노을에 바다에서 주워온 씨글라스를 들어 비춰본다. 바다를 담은 보석이 영롱하게 빛나고 있다.

　여행에서 귀한 것들을 많이 얻은 것 같다. 추억, 인연, 자연의 아름다움. 민하 언니와는 가끔씩 메일을 주고받는다. 사진작가로 활동할 'ahnim'이라는 예명도 지었다고 한다. 뜻은 그냥 본인 이름을 뒤집은 것이라고 한다.

　나도 일단은 계속 내 자리에서 노력해 보기로 했다. 하고 싶은 게 있다면 하고 싶은 걸 하는 게 맞겠지만, 솔직히 말하면 아직은 내가 뭘 하고 싶은지도 잘 모르니깐. 앞으로 찾아나갈 것이다. 내가 진정으로 하고 싶은 게 무엇인지를. 그래서 지금은 내가 내 자리에서 최선을 다하는 것이 내 임무이다. 계속 여행을 다니다 보면 내가 좋아하는 게 뭔지 알게 되겠지. 하나씩 기록해 놔야지. 우선 내가 좋아하는 건, '바다, 윤슬, 녹음.'

이 여행을 떠나게 해준 'a'가 고마워졌다. 그래서 a는 과연 누구였을까?

성장이라는 여행

이 글을 처음 구상할 때만 해도 책이 정말 완성될 수 있을까 싶을 정도로 정리가 안 된 단어들의 나열일 뿐이었는데 이렇게 완성하여 결과물을 보니 뿌듯한 마음도 아쉬운 부분도 많아 부끄러운 마음도 많이 듭니다. 제가 이 글을 쓰기 전 과연 제가 전하고 싶은 바가 무엇일까 고민했었는데, 그건 바로 '꿈' 인 것 같습니다. 그런데 진정한 꿈을 바로 만나는 사람은 얼마나 있을까요? 아마 그렇게 많지는 않을 것입니다. 그 꿈을 이뤄 직접 만나 경험해 보기 전까지 그 꿈이 자신과 맞는지 어떻게 알 수 있을까요.

저는 이 여행일기를 통해 어른이지만 아직 자신은 어린아이

같기만 한 주인공 은재가 더욱 넓은 세상을 경험하며 자신에 대한 믿음을 키우고 진정한 꿈을 찾아가기 위한 내용을 담았습니다. 현실에서 두려운 미래에 지쳐, 인간관계에 지쳐 여행을 통해 치유받는 은재처럼 이 글을 읽는 독자님들도 함께 여행을 떠나는 기분을 느꼈으면 좋겠다는 마음을 담아 썼는데 글을 읽으면서 조금이나마 전달되었기를 바랍니다.

저 또한 이 글을 쓰면서 직접 여행하지는 못했지만, 만약 내가 윤슬이 일렁이는 바다에 있다면, 또 초록 짙은 녹음의 숲에 와 있다면 하고 상상하면서 즐겁게 글을 써 내려갈 수 있었습니다.

이 글을 읽는 여러분도 고민되는 것이 있다면 도전해 보세요. 반드시 좋은 경험을 얻게 될 것입니다. 실패하더라도 하나의 경험으로 받아들이고 나면 그 후엔 더 멋진 사람이 될 테니까요. 이 '여행일기'가 여러분에게 용기가 되었기를 바랍니다. 읽어 주셔서 감사합니다.

덮어쓰기

고은서

주말 아침 8시, 유난히 눈이 일찍 떠진 나는 세수로 하루를 시작한다. 나를 처음 보는 사람들을 위해 잠시 소개하자면 17세 평범한 여고생, 망각과 적응의 동물, 그리고 꽤나 추리 만화를 즐겨 보는 소위 말하는 덕후이다.

　'무슨 이런 캐릭터가 있나?' 하며 당황하지 않아도 된다.

　거울을 보며 혼잣말하는 게 내 아침 루틴이다.

　그러니까 이건 지극히 덕후스러운 혼잣말, 자기소개 상상.

　저번엔 엄마가 지나가면서 거울을 보고 대화하는 나를 보며 놀랐지만 살다 보면 일어나는 단순 해프닝이다.

말이 길었군.

이럴 때가 아니라 빨리 학교 과제를 해야 한다.

010-0000-0000

띠디디디-

띠디디-

아침 8시부터 나한테 전화가 올 일이 있나?

모르는 번호, 심지어 010으로 시작하는 번호를 무시해 본 적이 없는 나는 이끌린 듯이 통화 버튼으로 손가락이 움직였다.

-여보세요?

-… 혹시 수영이니? 채윤이 엄마인데.

-헉 네. 혹시 무슨 일이신가요?

채윤이라면 중학교 시절 내 둘도 없는 단짝이었다.

나만의 추리 만화 사랑을 채윤이만이 이해해 줬지.

오랜만에 보고 싶기도 하고…

-그게 사실, 채윤이가 얼마 전에 죽었어. 채윤이도 하늘에서 너를 그리워할 거야.

-….

-오늘 채윤이한테 작별 인사하러 와줄 수 있니? 내일 발인식을 하거든.

오랜만에 듣는 친구의 소식이 부고 소식이라니.

아주 어릴 적에 돌아가신 할머니 이후 처음 겪는 죽음이라 기분이 묘했다.

주말 저녁, 엄마랑 집을 나선다.

장례식장에 도착하자 비로소 채윤이의 얼굴이 보였다.

저렇게 웃는 모습을 이제 다시는 못 본다는 사실이 분하고 서러웠다.

그때 조심스럽게 채윤이 어머니께서 구석진 곳으로 나를 불렀다.

-수영아 너한테 줄 게 있어. 이거 받으렴.

-… 이건 뭔가요?

채윤이 어머니께서 건네주신 것은 유리병이었다.

그리고 그 유리병 안에는 편지로 추정되는 무언가가 있었다.

-채윤이가 너에게 쓴 편지야. 간직하고 있으면 좋겠네.

-네, 꼭 간직할게요.

역시 편지였네, 근데 나한테 썼다고?

주말 밤, 채윤이가 쓴 편지를 열었다.

수영이에게

안녕 나 채윤이야, 편지는 생전 처음이라서 어색하겠지. 그래도 그냥 읽어 ㅋㅋ. 다른 고등학교 입학한 후로 서로 거리가 멀어지다 보니 마음도 멀어진 건지 연락이 뜸해졌지?

너도 그동안 바빴겠지만 나도 정신이 없었어.

그래도 이렇게 편지를 쓸 수 있어서 다행이야!

물론 이 편지는 보내지 않을 거지만….

그래도 이후 너에게 편지가 도착할 것이라고 난 믿어.

생각해 보니까 너는 추리 만화를 정말 좋아했었지….

주인공이 학교에서 일어나는 사건들을 추리하며 해결

해 나가는 이야기도 신나게 들려준 적이 있는 것 같아.

고등학교에서도 네가 있었다면 얼마나 좋을까?

새벽 감성으로 써서 그런지 다신 못 읽어볼 편지다 ㅋㅋ.

좋은 저녁. 잘 있어라.

채윤이가

평소에 채윤이에게 연락 열심히 할 걸.

이제는 돌이킬 수 없는, 부질없는 상상만 한다.

주말 새벽, 나는 쉽게 잠에 들지 않는다.

너무 많은 일들이 몰아쳐 지나간 기분이다.

편지를 다시 읽었더니 이상한 부분들이 보인다.

감성에 젖어 있어서 밤에는 몰랐지만 채윤이가 편지를 쓸 당시 얼
마나 궁지에 몰려 있었는지 알 수 있었다.

겉보기엔 평범한 편지겠지만 단짝이었던 나에게는 채윤이에게서
보지 못한 모습들이 보인다.

'물론 이 편지는 보내지 않을 거지만…
그래도 이후 너에게 편지가 도착할 것이라고 난 믿어.'

편지를 보내지 않는데 언젠가 도착할 거라 믿는 것?

새벽 감성일 수 있다. 그렇지만 채윤이라면 말이 다르다.

편지를 보내지 않는데 편지를 쓰는 행동을 비효율적이라 할거고 편지가 도착하리라 믿는 것을 쓸데없다고 여길 것이다.

물론 이것만으로는 내가 착각하는 것일 수도 있다.

오히려 이렇게 추리하는 모습을 보면 하늘에서 나다운 짓이라며 비웃을지도?

그렇지만

'새벽 감성으로 써서 그런지 다신 못 읽어볼 편지다 ㅋㅋ.
좋은 저녁. 잘 있어라.'

이건 더 이상하다.

새벽 감성으로 썼다며 근데 왜 좋은 저녁이지?

아다리가 안 맞잖아.

사실 마음속에 묵혀두었던 불편한 진실이 하나 있다.

즐거웠던 중학교 시절을 뒤로하고 다른 고등학교에 입학했던 우리 둘. 나는 평범하게 집 근처 고등학교에 갔지만 채윤이는 지역 내 명문고라 불리는 곳을 가기 위해 차로 40분이나 먼 곳으로 이사를 했다. 그 후 우리는 연락이 뜸해진 수준이 아니라 일절 연락을 안 했다.

솔직히 고등학교에 적응한다고 채윤이를 잊었다.

그리고 그건 채윤이 쪽도 마찬가지일 거로 생각했다.

벌써 채윤이와 대화한 지 반년이 넘는 시간이 지난 지금의 나는 채윤이와 친구라고 부르기도 애매한, 우연히 마주치면 열심히 눈을 피할, 어색한 사이인 것이다.

그러니 더더욱 나에게 편지를 쓴 것부터 하나하나가 이상했다. 나에게 언젠가 편지가 도착할 것이라 믿는 것도

불과 며칠 전 우리 사이에서는 상상도 할 수 없는 일이다.

이러한 잡념들을 거치면서 나의 머릿속에는 한 가지 생각밖에 들지 않았다. 하지만 입 밖으로 내뱉기에는 자신감이 없었다.

띠링

· · · — — · · ·

메시지가 도착하였습니다.

그 순간 휴대폰이 켜지며 알림음이 울렸다.

알림음의 출처는 생전 보지도 못한 애플리케이션이었다.

난 이런 거 다운로드한 적도 없는데 왜….

궁금증에 앱에 들어가 보자 나에게 쓴 것만 같은 장문의 메시지가 있었다.

To. 수영

이 메시지를 확인할 수 있다면

너는 꽤나 큰 감정의 변화가 있었겠지.

규칙 위반이지만 불신이 가득할 너에게 미리 말할게.

나는 너의 미래야.

지금 의문점이 가득하겠지

이 메시지로 궁금증이 하나 더 늘었겠지만. 그건 미안

일단 중학교 친구 중 연주에게 전화를 걸어봐.

조금씩 갈피를 잡을 수 있을걸

전화 한 번 한다고 나쁠 거 없잖아? 아 참 안부도 전하고

이게 뭐야. 신종 스팸 메시지인가? 찝찝하게끔 만드네.

그래서 전화는 해볼까?

뭐 저 메시지를 믿는 건 아니고 마침 생각난 김에 연주랑 떠들기나 할 겸.

그렇게 뜬 눈으로 밤을 지새우고 벌써 오전 10시.

연주가 일요일 10시에 일어나 있을 확률은,

아, 얘 교회 다니지

띠리링-….

띠리리링-……

-여보세요? 수영아, 무슨 일?

-아, 연주야. 그냥 전화 걸었어. 안부 인사도 할 겸.

-…. 수영아, 너도 들었구나.

아차

-… 응 많이 놀랐어.

-그렇겠네 수영이 너는 많이 친했으니까, 채윤이가 그런 극단적인 선택을 할 줄은 몰랐어.

-그게 무슨 말이야?

-아, 못 들었구나. 친구 중에서 채윤이랑 같은 고등학교 다녔던 애가 있었는데 소문으로는 학업 스트레스로 자살했대.

-학업 스트레스?

-그 학교가 워낙에 유별나잖아. 그래서 그런가 봐. 우리 중학교는 평범했으니까. 우리 학교에서 전교권이어도 그 학교 가서는 중위권이겠지.

-음, 그래도 좀.

-역시 어색하지? 중학교에선 그렇게 자신만만했으니까. 아, 곧 예배 시간이니까 끊을게.

뚜- 뚜- 뚜-

아니 그래서 채윤이가 학업 스트레스가 있었다고?

설마 그럴 리가,

이때까지 공부했던 건 명문고를 바라던 부모님의 기대에 충족하기 위해서였던 거니까 입학에 성공했으니 더이상 공부할 필요는 없다고. 앞으로는 연애도 하고 고등학교 생활을 즐기겠다고 말해서 좀 신기했던 기억이 생생한데.

이거 뭔가 단단히 잘못 돌아가는 느낌,

생각해 보니 이상한 스팸 메시지가 한 말이 잘 들어맞았네. 앱에 답장을 쓰는 기능도 있던데 이참에 더 궁금한 거나 물어볼까?

To. 익명의 상대

안녕. 절대 네 말을 신뢰하는 건 아니고

그냥… 안부 인사나 할 겸 연주에게 전화해 봤

는데 네 말이 맞는 구석이 있긴 하더라.

너는 대체 누군데 이런 걸 다 아는 거야?

그리고 이 앱은 또 뭐고?

인터넷에서 쳐봐도 이 앱에 대한 정보는 안 나온다니까. 수상해.

역시 계좌로 돈 뜯어 갈 거지?

그래도 뭐든지 떡밥을 던져두면 좋긴 하니

까 진짜 궁금한 거 하나만 더 물을게.

채윤이의 죽음이 수상한 건 이미 눈치챘어,

근데 난 뭘 해야 하지?

죽음을 돌이킬 수 있는 것도 아니고 내가 할 수 있는 게 없잖아….

이렇게 보내면 답장 오기를 하염없이 기다릴 수밖에 없나? 그동안 뭐 하지. 아, 까먹고 있었다. 학교 과제!!

정신없이 일주일이 지나가고,

그동안 달라진 점? 없다. 답장도 안 오는걸.

역시 스팸이었던 거겠지.

채윤이의 죽음이 이상한 점을 많이 남겼다는 걸 알고 있지만 내가 나선다고 해서 달라지는 건 없어.

오히려 내가 제대로 착각하고 있는 걸지도.

어떻게 하면 좋을까?

띠링—

. . . . — . . .

메시지가 도착하였습니다.

To. 수영

이 바보야 아직 날 안 믿는 거야?

…알겠어 그럼 다시 알려줄게

월요일 학원이 끝나고 신나서 바로 집에 가지 말고

남아서 공부 좀 하고 가.

이번엔 제대로 네 행동의 방향을 잡을 수 있을걸?

+) 아, 맞다 내가 누군지는 이미 첫 메시지에서 말했고

앱은 중요하지 않아. 인터넷에 검색해 보는 쓸데 없는 짓은 그만

둬. 그리고 스팸 아님 ──

그리고 네가 채윤이의 죽음에 대해 파헤쳐야 하는 이유는…

죽음은 돌이킬 수 없지만 억울함은 풀어줘야지?

거참, 말은 또 그럴싸해 보이네.

내일 학원 끝나고 공부 더 하고 가도 나쁘지 않겠네.

나도 이제 슬슬 공부해야지.

근데 또 메시지에서 거슬리는 부분.

　　　'죽음은 돌이킬 수 없지만 억울함은 풀어줘야지?'

억울함?

지금까지로 봐선 마냥 뜬구름 잡는 소리는 아닌 것 같은데

이게 진짜라면, 채윤이의 죽음에 억울할 부분이 있다는 거잖아? 그

럼 친구를 위해 내가 나서야지!

이 날을 위해 초등학생 때부터 추리 만화를 읽어 왔던 거야.

월요일 8시, 학원

학원은 마쳤고, 집 가고 싶다.

그렇지만 아직 중요한 일이 남아 있지. 앉아서 그냥 공부만 하면

되는 건가. 스팸 메시지 녀석 미래의 나라고 하더니 그래서 공부 시

키려는 거 아니야? 하 나만 또 속았지.

드르륵-

또래로 보이는 여자아이 2명이 학원 자습실에 들어와서
바로 내 옆자리에 앉았다.

응? 교복이…. 처음 보는데, 혹시 스팸이 말한 게 이건가.
설마 얘네들 채윤이랑 같은 고등학교인 거 아니야?
그렇다기엔 굳이 이 학원에 올 이유가, 아 있지.

학원 원장 선생님께서는 수업 시간마다 유난히 말이 많으셨는데
귀에 딱지가 생기도록 들은 이야기 두 개가 있다.
 1. 의대생 출신 남편과의 대학 시절 러브 스토리
 2. 쌍둥이 딸을 둘 다 명문고에 보냈고 본받으라는 잔소리

얘네가 말로만 듣던 원장 선생님 따님이구나.
스팸, 이 녀석 소름 돋게 하는 구석이 있네.

그 여자아이들은 자리에 앉자마자 공부를 시작하는가 싶었지만 10
분도 채 지나지 않아서 조용히 말을 주고받기 시작했다. 그러는 동
안 나는 페이지가 겨우 넘어간 책에 집중하는 척, 그 애들의 이야기
를 엿들었다.

이렇게 들으면 얻어걸리는 거 하나 있겠지.

　-… 아니 그래서 걔네 반 분위기 이상해.

　-그러니까, 어제였나 지나가는데 정말 웃고 떠드는 거야. 아무것도 없었던 일마냥.

　-? 웃고 떠드는 건 뭐 그럴 수 있지. 자기 가족이 죽은 것도 아니고.

　-아니 그럼 네가 분위기 이상하다고 말한 건 뭔데.

　-그냥…. 좀 원래 그 반 소문 같은 거 돌았잖아. 근데 그것도 그렇고 애 죽은 것도 그렇고 대놓고 즐기는 분위기 아님?

　-아, 그건 좀 인정. 아무리 그래도 그렇지, 걔네 반 인간성
　부족인 듯.

　…. 저거 누가 들어도 채윤이 이야기 아니냐.

　자습실에 나만 있어서 다행이지 같은 중학교 나온 눈치 좀 빠른 애 있었으면 소문 다 퍼졌겠네.

　그래서…. 채윤이랑 채윤이 반 애들이랑 묘한 기류가 있었다는 거잖아. 이걸 자세히 파헤치려면 역시 내가 전학을 가야….

　아, 또 무슨 상상을 한 거야.

　-아니 근데 지연이도 좀 걔네 반 애들이랑 기류가 이상하던데?

　-아, 누구더라.

　-멍청아, 같은 동아리잖아. 걔랑 같은 반이었던.

-음, 생각났다. 뭔 말인지 알겠어, 지연이는 오히려 반에서 겉도는 것 같지 않아?

-진심. 저번에 쉬는 시간에 체육복 빌리러 갔는데 지연이만 있는 거야. 그래서 반 애들 어디 갔냐고 물어보니까 이동수업인데 다들 어디로 간지 모르겠대.

-미친 거 아냐? 아, 웃긴데 슬퍼.

헉, 지연이 앤 누구지?

얘도 반에서 배척당하는 거면 채윤이랑 관련이 있으려나.

-맞다 생각해 보니까 지연이 걔랑 붙어 다녔어.

-음. 그럼, 걔 이제 없으니까 혼자 남은 거고?

-아 그럼 걔가 반에서 따돌림당할 때 친구라고 붙어 있다가 걔 죽으니까, 지연이도 똑같이 따돌림당하는 거 아냐?

-헐, 내일 동아리 시간에 잘 해주자. 불쌍하네.

단순한 친구들이네.

그럼 정리하자면 채윤이랑 지연이는 친구고 채윤이가 따돌림을 당한 거란 말이지. 그 후 지연이도 지금 반에서 애매한 위치이고… 흠. 확실히 빅뉴스네. 스팸한테 메시지 보내야겠다.

To. 스팸

나 방금 엄청난 거 들었어.

…넌 알고 있었겠지만──

확실한 건 채윤이네 반 친구들이 죽음에 밀접하게

관련이 있고… 지연이가 좀 중요한 인물인 것 같네.

자세한 전말을 알기 위해선 최소한 채윤이네 반 친구 중

한 명한테 접근해야 할 것 같은데. 그럴싸한 방법 없을까?

맞다 그래, 확실히 알게 된 점 더 있다.

채윤이의 죽음이 학업 스트레스로 인

한 자살은 절대 아니라는 것!!

백퍼 따돌림이야. 내 감으론 .

이번에도 일주일 걸리려나.

그러면 SNS로 지연이 계정이나 찾아볼까?

…

지연이가 인플루언서일리는 없고, 뭐? 같이 육아해요?

이 계정이 지연이 일 확률은 장담하건대 0퍼센트.

그냥 학교 계정이나 들어가 볼까.

[00고등학교]

[팔로잉 104] [팔로워 1025]

그래 1025명 중에 지연이란 친구도 있겠지.

그나저나 팔로잉 목록에는 '대신 전해드립니다'도 있구나.

이거 보면 그 반에서 돌았다는 소문을 알 수 있지 않을까?

[Q. 1학년 3반 김채윤 남친 있음?]

음… 채윤이 인기 많았구나.

[Q. 1학년 3반 오늘 싸움?]

[A. 묻지 마세요. 궁금하면 직접 얼굴 보고 말해라;]

음, 그만 보도록 하자.

소득이 없네.

결국 팔로워 1025명 중 힘겹게 박지연, 김지연을 추려냈다.

일단 모두에게 메시지를 보내볼까?

/

－안녕하세요 @@고등학교 다니는 김수영이라고 하는데

혹시 김채윤을 아시나요? 혹시 아시면 답장해 주세요.

－몰라요. 자꾸 메시지 보내면 차단합니다.

/

-안녕하세요 @@고등학교 다니는 김수영이라고 하는데
혹시 김채윤을 아시나요? 혹시 아시면 답장해 주세요.

-김채윤이면 ○○고등학교 1학년 7반이요?
-헉. 네, 혹시 아세요? 사실 채윤이랑 친구인데 뭐 좀 알아보려고
메시지 보냈어요.
-네, 알아요. 반 친구예요. 근데 왜 메시지 하셨나요?
-절대 뒷조사한 건 아니고 제가 채윤이 친구라서 이것저것 알아보
다가 채윤이 친구분 계정 찾게 되어서 연락했어요.
그래서 본론은, 채윤이 반에서 따돌림당했나요?
-… 그건 메시지로 말하기 좀 그렇네요. 직접 만나서 이야기하는
거 어때요?
-네, 좋아요. 그럼 다음 주 화요일 가능하나요?? 학교 마칠 시간에
○○고등학교 교문으로 갈게요.

/

채윤이 친구와 만나기 하루 전, 이것을 마지막으로 드디어 진실을
알게 되는 거라고 생각하니 떨려오기 시작했다. 꽤 순순하게 답장에
응해 주는 거 보니 나쁜 사람은 아닌 것 같고 역시 이 사람도 채윤이
를 돕고 싶은 거겠지?

띠링-

메시지가 도착하였습니다.

To. 수영

그래, 그 엄청난 소식을 드디어 들었네.

너라면 당장 지연이한테 달려들겠지?

이 편지 받을 땐 시간이 좀 지난 후니까

이미 달려들었을지도….

그럼, 어쩔 수 없다지만 아직 지연이를 안 만났다면

너한테 해줄 조언이 있어.

지연이가 하는 말을 쉽게 믿지 마.

채윤이의 학교생활을 지연이의 입을 통해 듣는 건

보류하는 게 좋겠지만…

우리에겐 시간이 없으니 어쩔 수 없지.

지연이랑 채윤이는 친구인데 지연이가 하는 말을 믿어선 안 되고,
이게 뭐지?

지연이도 역시 뒤에 꿍꿍이가 있으려나.

만남 당일, 하교하는 학생들 틈으로 하염없이 누군가 말을 걸기만

을 기다리고 있다. 수많은 파란색 교복들 사이에 검정 교복 하나만 있으면 당연히 알아보기 쉽겠지?

-저기요, 혹시….

-죄송해요, 저 임자 있어요.

-아니, 혹시 김수영 맞나요? 메시지 받은 김지연입니다.

-아, 죄송합니다. 방금 건 장난이었어요.

-네, 근데 저희 동갑이니까 말 편하게 하는 게 어때요?

-아, 좋아요. 그럼, 저기 카페 가서 대화할까?

애꿎은 아이스 아메리카노만 빨아들인 지 10분째, 어색함을 깨기 위해 무언가 말을 꺼낼 필요성을 느꼈지만 바로 본론부터 말하기엔 차마 입이 떨어지지 않는다.

-저기… 나 곧 학원 있어서 가야 하거든? 빨리 말해 줘.

보다 못한 지연이 먼저 말을 꺼낸다. 어디 친구의 죽음을 말하는 게 쉽겠냐고!

-아, 그래 미안. 그래서 내가 하고 싶은 말은 채윤이가 죽은 게 채윤이의 평소 학교생활이랑 관련이 있는지에 대해서야.

-너는 어디까지 알고 있는데?

-채윤이가 반 애들한테 따돌림을 당했고 학업 스트레스로 자살했다는 소문이 돌지만 그럴 리가 없다는 정도?

-꽤 많이, 그것도 정확히 잘 알고 있네. 네가 말한 대로 채윤이는 따돌림을 당했고 그걸로 큰 스트레스를 받았어. 그리고 죽기 일주일 전 결국 못 버티겠다고 찾아와서 울었지만 곧 괜찮은 듯한 모습을 보여서 그게 끝인 줄 알았지.

-그럼, 채윤이가 따돌림을 당해서 죽었다는 게 기정사실화 된 거네. 그런데 왜 따돌림을 당한 거야? 이유까지 말해 준다면 이후 조사에 들어갈 때 더 수월할 거야.

-뭐, 경찰 조사? 왜 일을 더 키우는 짓을 하는 거야? 이게 정말 채윤이가 바라는 거라고 생각해? 애초에 죽은 건 자기 선택이었잖아.

-미안하지만 채윤이는 억울함이 풀어지기만을 바라고 있을걸. 너보단 내가 더 채윤이를 잘 알아. 그리고 가해자는 처벌받아야지.

-하, 말할수록 나만 이상해질 것 같네.

그냥 다 말해 줄게. 채윤이는 우리 반 애 남친이랑 바람피우다가 걸려서 따돌림당한 거야. 그러다가 원래 친했던 나한테까지 불똥이 튄 거고!

-어우, 진정해. 너를 자극하려고 한 말은 아니었어.

할 말 없으면 이제 가도 돼. 난 들을 건 다 들은 것 같으니까.

-… 그래 나도 순간 욱해서 미안. 사실 별로 이야기하고 싶은 주제는 아니였어서 그랬어. 나도 이 일 때문에 너무 스트레스를 받아서….

그 말을 끝으로 지연이는 자리를 털고 일어섰다.

지연이가 보인 감정적인 모습은 꽤 당황스러웠지만 그만큼 자신도 힘들다는 증거인 것 같았다.

지연이가 한 이 말들 안에서도 거짓이 있다니, 뭐가 진짜지?

그나저나 채윤이가 따돌림당한 이유가 남자 때문이라니 심지어 그것도 바람을 피워? 그렇게 매사에 정의롭게 굴던 애가 그런 짓을 할 리가 없어. 분명 이게 거짓말일 거야.

그럼, 진실은 누가 말해 주지? 더이상 아는 사람도 없고

믿을 만한 건 메시지뿐. 다시 메시지가 올 때까지 기다려야 하나?

그때 뒤에서 나를 톡톡 치며 말을 걸어왔다.

-일부러 엿들으려 한 건 아니었고 너무 익숙한 이야기라 잘 들렸는데…. 혹시 잠깐 대화 가능할까요?

지연이와 같은 교복을 입은 여학생이 방금 전까지만 해도 지연이가 앉아 있었던 자리에 앉더니 본격적인 말을 꺼냈다.

-방금 걔 말 믿지 마요.

-네? 혹시 지연이랑 아는 사이세요?

-네, 지연이, 그리고 … 채윤이랑도 같은 반이에요. 사실 그동안 지내면서 양심의 가책을 느껴도 모른 척했는데 지연이 쟤가 적반하장으로 나오는 태도를 보니까 꼭 말해드려야겠다고 생각했어요.

-네, 감사합니다. 지연이가 하는 말에 거짓이 있는 것 같아서 어떻게 하면 진실을 알 수 있을지 고민하고 있었어요.

-그럼, 말씀드릴게요. 우선 채윤이랑 지연이는 학교 안에서 뒷배경이 비슷한 편에 속했어요. 그래서 붙어다녔던 거고요. 그러니까 뒷배경이 비슷하다는 게…. 결국 부모님 자산이라든가 그런 거죠. 그리고 저희 반은 걔네 둘을 제외하면 다들 꽤 잘 사는 애들만 모였어요.

-아하…. 그렇군요. 따지고 보면 서로 어울릴 곳 없어서 붙어다닌 것일지도 모르겠네요.

-어느 정도는 맞는 말이지만 채윤이는 지연이를 진정한 친구로 봤

던 것 같아요. 왜냐하면…. 채윤이는 지연이한테 거의 모든 걸 알려 줬거든요. 그러다 사건이 하나 터졌죠.

　-무슨 사건이요?

　-채윤이랑 연락하던 남학생이 하나 있는데 그 남학생이 사실은 중 학생 때부터 같은 반인 소민이랑 사귀는 사이였어요.

　-아하…. 이게 지연이가 말한 바람인지 뭔지겠네요.

　-네. 굳이 따지면 그렇겠지만 지연이 걔는 이걸 바람이라고 말할 자격이 없어요. 왜냐하면 지연이는 소민이랑 그 남학생이랑 사귄다 는 사실을 알고 있음에도 한 번도 채윤이에게 알려준 적 없거든요.

　-네? 아무리 그래도 왜 그런 짓을?

　-이야기를 마저 들으면 이해가 가실 거예요. 지연이는 채윤이에게 알려주는 것 대신에 소민이한테 가서 불었죠. 채윤이랑 그 남학생이 랑 뒤에서 몰래 만난다고.

　-그런 짓을 한 걸 보니… 결국 지연이는 채윤이가 아니라 소민이 랑 더 잘 지내보고 싶었던 거네요.

　-맞아요. 그래서 그 사실을 소민이에게 말한 거였고… 곧이어 채윤 이를 제외한 반 전체가 알게 되어 분노했죠. 거기엔 어리석지만 저도 있었고요. 조금만 빨리 이상함을 눈치챘어야 했는데….

　-충분히 이해할 수 있어요. 그렇게 소문이 퍼져버린 이상 안 그래 도 친하지 않았던 채윤이를 비난할 수밖에 없었을 거예요.

　-지연이 걔가 진짜 괘씸한 거는 결국 채윤이를 따돌리는 데에 주 요한 역할을 했다는 거예요. 어느 날은 소민이 남친이랑 데이트를 한 다고 신나게 말을 하던 채윤이의 대화 녹음본을 가져오더니 기어이

데이트 장소까지 가서 사진을 찍어와서 소민이한테 보여주더라고요.

－근데 소민이는 그럼 자기 남자친구랑 왜 안 헤어지고 방치 시키면서 채윤이를 따돌린 거죠?

－그게… 소민이랑 친한 사이들만 아는 사실이지만 소민이랑 걔 남친은 부모님끼리 친하고 농담으로 결혼까지 주고받는 사이라서요. 감히 사이가 틀어지는 행동을 할 수 없었을 거예요. 그걸 또 지연이는 아무것도 모르면서 소민이가 자신의 장단에 맞춰준다 생각하고 즐거워했죠.

－지연이 이 친구… 참 문제가 많네요. 근데 지연이는 지금 혼자 다닌다고 그랬는데 왜 그런 거죠. 그렇게 아부 떨고 그랬으면 어떻게든 붙어 있지 않나요?

－이건 결국 채윤이가 죽고 반 애들이 지연이를 가해자로 몰아간 결과예요. 방관하고 동조했던 건 반 전체였으면서 자신의 죄책감을 덜기 위해 주동자였던 지연이 탓으로 돌리는 거죠. 여기에 대해선 저도 할 말이 없네요.

－네, 그래도 말하는 데 용기가 필요했을 거라고 생각해요. 혹시 더 하실 말씀 있으세요?

－지금 와서 이런 말 하는 게 부끄럽지만 이 말을 한 사람이 저라는 사실을 숨겨주실 수 있나요? 이런 말을 누군가에게 했다는 사실을 반 친구가 듣기라도 한다면 그땐….

－그럼, 지연이가 직접 사실을 말하면 되는 거네요. 맞죠?

To. 스팸

안녕, 나 모든 사건의 전말을 알게 됐어.

그래서 마지막으로 지연이랑 만나서 대화해 보려고

자백을 얻어내야 하니까….

근데 얘가 하는 짓을 봐선 순순히 말을 할 것 같진

않고, 어떻게 하면 좋을까?

무슨 좋은 수 없니?

맞아. 사실 이게 메시지를 보낸 목적이야.

너만 믿는다. 그럼, 안녕.

그날 밤, 나는 다시 지연이에게 메시지를 보냈다.

마지막으로 하나만 더 물어보고 싶다고, 우리 모두 채윤이의 친구 니까 한 번만 더 만나자고 이렇게 말했다.

· · · · · · · · · ·

To. 수영

벌써 이렇게 해결 직전까지 가다니

예전의 나보다 진도가 더 빠른 것 같아.

지연이가 따돌림의 주동자라는 명백한 증거가 있기는 해.

왜냐하면 지연이 얘는 일요일 밤마다 고자질

한답시고 소민이한테 전화를 걸었거든.

그리고 지연이는 채윤이랑 전화할 때 그 내용을 저

장하기 위해 평소에 통화 녹음을 설정해뒀고!

그러니까 네가 그 기록을 보여달라고 해봐.

(중요) X월 XX일 녹음이어야 함.

벌써 지연이를 마지막으로 만나는 시간이 다가왔다.

여기서 모든 것을 끝내야 했다.

나조차도 채윤이의 죽음에 대한 감정이 흐릿해지기 전에 일을 빨리할 필요성을 느꼈다.

만남 장소는 똑같이 교문 근처 카페, 이번에는 지연이가 먼저 앉아서 나를 기다리고 있다.

-안녕, 귀찮은데 불러내서 미안. 그래도 나와줬네.

-그걸 알면 좀 저번처럼 뜸 들이지 말고 본론부터 말해 봐.

-아, 알겠어. 너 소민이 알지? 걔랑 무슨 대화 주고받았어?

-소민이는 어떻게 안 거야? 너 알고 보니까 나랑 같은 학교인 거 아니지? 음, 소민이랑은 그냥 같은 반 친구니까 시간표 물어보고 그랬어.

-정말 그것만 한 게 맞나? 나도 나름 몇 가지 아는 정보가 있는데 말이야….

-네가 무슨 의도로 그런 말을 하는지 알겠어. 지금 나를 의심하는 거지? 학폭 가해자 어쩌고 하면서.

-그럼, 빨리 뭐라고 해명해 봐.

-해명이라니. 나는 가해자가 아닌 게 사실인데 말이야. 네가 먼저 나한테 궁금한 걸 물어보면 그건 충분히 답해 줄 수 있어.

-자꾸 스스로 말하는 걸 기피하는 것 같네. 그래도 뭐 궁금한 걸 물

자면 X 월 XX 일에 어떤 통화했어? 네 습관이 통화 녹음이란 건 아니까 같이 녹음본을 들어보면 되겠다.

-풋, 무슨 이상한 소리를 하는 거야? 참고로 말하자면 X 월 XX일이 너무 익숙해서 생각을 좀 해봤는데 말이지, 그때 내 휴대폰 수리 맡긴 날이야. 그러니까 전화고 녹음이고 아무것도 없다고!

-증거 있어? 네가 휴대폰 수리 맡겼다는 증거 말이야.

-이거 봐.

지연은 지갑에서 영수증 뭉치를 꺼내더니 곧 한 영수증을 보여주었다. 그리고 그곳에는 빼도 박도 못 하게 X월 XX일 오전 10시 58분이라고 적혀 있었다. 그리고 지연이와 소민이가 전화한다고 들은 시간은 일요일 밤.

그러니까 이건 뭐랄까 큰 시스템 오류였다.

-이럴 리가 없는데…. 왜지?

-왜긴, 네가 애꿎은 사람 붙잡고 뭐라 하니까 그렇지.

정말 지연이의 말이 맞았던 걸까?

제일 초반에 하던 지연이도 채윤이와 함께 따돌림당한 거일지도 모른다는 생각이 맞나? 그럼 저번에 지연이랑 대화 직후 말을 걸었던 애는? 그리고 스팸 메시지는?

스팸이 하는 말이 틀렸던 적은 단 한 번도 없다.

그런데 지금은,

하지만 더이상 물러날 수 없어.

당황한 표정을 갈무리하고 다시 말을 꺼냈다.

-핸드폰 수리는 왜 한 건데?

-하다 하다 할 말이 없으니 그런 것도 물어보는 거야?
휴대폰 깨졌어. 됐지?

-…. 다른 영수증들도 봐도 돼?

-그거 음침한 행동인 건 알고 하는 거지? 근데 이걸로 네 의심이
줄어든다면 얼마든지 봐. 뭐가 나오겠냐.

영수증을 하나씩 살폈다.

크게 이상한 행동은 없는 것처럼 보였다.

그냥 영화, 카페, 식당, 독서실, 옷 가게 반복.

어? 이 영화는…. 설마,

내가 엄청 좋아하는 탐정물 시리즈의 제일 최근에 나온, 평론가들
에게 엄청난 호평을 받고 대중적인 입지를 밟아가게 된 계기를 만
든 영화잖아? 주인공이 혼자 외로운 싸움을 하다가 동료를 만들어
가는 과정을 한 편의 영화로 깔끔하게 전달해서 나마저도 울리게 만
든 영화라고 이건.

이 녀석 이런 것도 보다니, 취미 수준이 상당한걸.

-야, 이 영화 너도 봤냐?

-그건 갑자기 왜? 네가 콕 집어 말했던 X월 XX일에서 일주일 뒤

인데, 무슨 문제 있어?

　-이야…. 이런 영화도 보는구나. 사실 나는 잘 모르긴 하는데 이번에 좀? 유명하길래 봤거든. 혹시…. 어땠어?

　-그냥, 그저 그랬어. 나는 추리 이런 거 관심 없는데 친구가 관심 있어서 그냥 따라갔어.

　-오, 그 친구의 이 영화에 대한 의견도 궁금해지네.

　나중에 다 함께 진지한 대화의 시간을 갖는 것도 나쁘지 않다고 봐. 혹시 그 친구는 누구니? 채윤이는 아닐 거도 유일하게 이름을 아는 애가. 소민이?

　그때 지연이의 얼굴이 눈에 띄게 놀란 것처럼 보였다가,

　이내 다시 평소의 심드렁한 얼굴로 돌아왔다.

　이거네, 어쩌다 보니 얻어걸렸다.

　-이날도 일요일인데, 통화 기록은 없냐?

　-아직까지 수리 안 됐거든? 그러니까 통화 기록 없어.

　-음…. 못 믿겠어! 네가 영수증 보여준 것처럼 이것도 증거로 반박해 봐. 통화목록 보여주는 데 얼마 안 걸리잖아?

　그것도 못 보여주면 계속 의심할 수밖에 없겠네.

　-…. 알았어! 그만. 소민이랑 그날 통화한 건 사실이야.

　근데 영화 보고 뒤풀이 삼아서 한 거뿐이라고!

　-그럼. 녹음본 들려줘.

　-너 대체 어디까지 알고 있는 거야? 어떻게 내가 하는 습관까지도

알고 있는 거지? 네가 더 수상한 것 같아.

　-그래. 나 수상하고 음침하다. 그러니까 녹음본 보여주면 아무 소리도 안 하고 집 갈게. 다신 연락도 안 할게.

　여기서 오히려 물러나면 지는 거다.

　-너랑 말하면 정말 내가 이상한 사람 되는 것만 같네.

　그래! 다 까고 말하면 내가 소민이랑 채윤이 이간질해서 따돌린 거고 그냥 소민이 같은 애들이랑 어울리고 싶어서 안달 난 거야! 나도 걔가 죽을 줄 알았냐고. 걔가 죽어서 지금 내가 반에서 이런 상황이 된 거잖아. 안 그래? 넌 다 알고 있으니까 오히려 말하기 편하네. 그런데 이 짓을 왜 하는 거냐고. 죽은 애 두고 나한테 화풀이하니까. 편해?

　-그만 그만, 너는 말을 덜어서 할 필요성이 있겠다. 네 입으로 하는 말 잘 들었고 용건은 끝났으니까 집 간다. 잘 지내.

　그렇게 나는 황급히 자리에서 일어났다.

　이걸로 끝이다. 녹음한 내용을 채윤이 부모님께 드리고

　채윤이가 당했던 일들을 알려드리면 된다.

　그럼 이제 불확실성을 안고 시작했던 일들이 모두 끝난다.

　근데 이걸로 끝일까?

　하늘은 이렇게 맑은데, 내 곁에 존재하는 한 사람이 없다는 게 더욱 실감이 났다. 이 사건이 정말 마무리되면 나는 망각과 적응의 동물이니까 금세 웃으며 지내겠지.

그래도 확실한 건 알겠다.

내가 한 일이 절대 시간 낭비, 후회스럽지 않다는 점.

그때 알림이 울렸다.

띠링—

. . . ㅡ ㅡ ㅡ . . .

메시지가 도착하였습니다

To. 수영

나 엄청난 걸 지금 알았어.

그래서 하는 말인데 미리 미안.

내가 너의 현재에 너무 직접적인 간섭을 했나 봐.

일이 어째 꼬인 것 같냐.

왜냐하면 나 방금 모르는 번호로 문자가 왔거든.

그런데 이럴 수가, 걔가 지연이래.

마지막으로 본 게 15년이나 지났는데 무슨….

근데 걔가 연락했다는 건 네가 일을

평화적으로 해결했다는 증거 아닐까? ㅋㅋ

(사실 난 내가 살인을 저지를 뻔함…. 물론 농담이야)

그래서 말인데

너는 다음에 찾아올 너의 과거에

너무 연연하지 않는 건 어때?

결국 김수영은 알아서 잘 하더라 ㅋㅋ

네가 마지막 답장을 보내면

이 앱은 곧 지워질 거야.

이제 네 고민이 해결됐으니까!

그럼, 앞으로도 수고.

네가 잘 살아야 내가 잘 산다. 알지?

하늘은 맑고,

나 김수영은 미래를 향해 적고 있는

마지막 답장을 끝으로 진정한 현재를 살아간다.

새로고침

안녕하세요. 덮어쓰기를 쓴 고은서입니다. 이 이야기를 떠올리게 된 계기는 미래와 현재를 오가는 추리물을 보고 싶어서였는데 결국 어찌저찌 완성하게 되었네요. 덮어쓰기는 미래의 나 자신에게 단서를 얻고 현재의 문제를 풀어나가는 이야기입니다. (그래서 제목도 덮어쓰기인 것인….)

그렇지만 인위적인 개입이 클수록 시공간이 점점 뒤틀린다는 걸 표현하고 싶어서 마지막에 메시지가 준 단서의 날짜가 틀려버리고 마는 내용도 넣었습니다! 제가 덮어쓰기라는 이야기로 말하고 싶었던 내용을 키워드로 뽑자면 망각과 적응, 그리고 과거와 현재인 것 같네요. (현재의 수영이를 기준으로는

미래의 나에게서 받은 편지지만 키워드가 과거와 현재인 이유
는 미래의 수영이 기준으로 이 사건이 15년 전 일이니까 과거
라고도 볼 수 있습니다.)

　망각과 적응은 수영이가 고등학교에 정착하는 과정, 그러니
까 새로운 환경에 적응할 때 우리가 얼마나 많은 걸 잊고 사는
지 말하고 싶었고 과거와 현재라는 키워드는 과거를 바탕으로
살아가는 현재의 우리에게 과거에 심각하게 얽매이지 말고 지
금을 살아가자는 메시지를 담고 있는 것 같습니다.

　글을 쓰면서 여러 어려움을 겪기도 했지만 그만큼 성장하
게 된 계기 같아 당장은 뿌듯함을 가장 먼저 느끼는 중입니다.

　읽어 주셔서 감사합니다!

알파와 베타

김가현

#1 내 이름은 김알파. 쌍둥이 여동생이 있습니다.

내 이름은 김알파. 쌍둥이 여동생이 있습니다.

17년 평생을 쌍둥이 여동생과 비교하며 살아왔습니다. 항상 뛰어나고 우수한, 하나를 배우면 백을 깨우치는 나의 동생. 나는 그런 동생을 항상 부러워해 왔습니다.

저보다 훨씬 더 뛰어난 동생은 항상 절 쫓았습니다. 남들보다 뛰어나지도 않고, 언니임에도 불구하고 해준 게 하나도 없는 저를 좋아해 준 착한 아이입니다.

저희는 미술, 태권도, 바둑, 기타, 피아노 등 모든 것을 같이 하였고 다른 성과를 내었습니다. 그저 '언니가 하기 때문에.', '같은 학원에 다니고 싶어서.' , '언니가 하는 모습을 보니 재밌어 보여서.'라는 소소한 이유를 가지고 시작한 뒤, 항상 저를 뛰어넘었습니다.

동생은 자기가 언니에게 큰 부담이 되고 열등감의 원인이 된다는 걸 알고 있을까요? 차라리 동생도 이 사실을 인지하고 조금은 멀어졌으면 좋겠습니다. 하지만 동생은 순수한 마음으로 다가오는 것 같아서 더 고통스럽고 미안하기만 합니다.

항상 저에게 열등감과 피해망상의 동기를 부여하지만, 자신이 언니에게 큰 슬픔이 된다는 것도 모른 채 꼬박꼬박 언니로 불러준다든지, 절 볼 때마다 말갛게 웃어준다든지 그런 악의 없는 행동을 할 때마다 제가 나쁜 사람이 되어가는 것 같습니다.

베타는 저의 이런 마음을 알까요?

#2 내 이름은 김베타! 쌍둥이 언니가 있어요!

제 이름은 김베타, 저에겐 쌍둥이 언니가 있어요! 언니는 피아노도 잘하고, 공부도 잘하고, 리더십도 넘치는 존경스러운 사람이에요. 저는 그런 언니가 멋있어서 언니를 따라서 여러 가지 학원을 같이 다녔어요. 그중 피아노가 적성에 맞아 전공까지 하게 되었답니다. 쌍둥이 피아니스트라니 좀 멋지지 않나요?

하지만 전 언니를 엄청 사랑하는데 언니는 항상 무뚝뚝해요. 옛날엔 밤새 수다도 떨고, 고민 상담도 했는데 요즘은 대화가 드물어요. 중학교 때까지만 해도 조금은 무뚝뚝했지만, 어리광이나 하소연을 다 받아줬는데 요즘은 받아주기는커녕 관심도 주지 않아요. 고등학교 올라와서 심적으로 많이 힘들어 보이던데 그것 때문에 그런 걸까요? 옛날처럼 친밀한 관계로 돌아가고 싶어요.

옛날에는 속마음이 어떤지, 왜 이런 행동과 태도를 취하는지 훤히 들여다보였는데, 지금은 언니의 속을 모르겠어요. 왜 저를 멀리하는지 이해가 가지 않아요.

어떻게 하면 알파의 마음을 이해할 수 있을까요?

#3 열등감이 아니라 열정이야.

기말고사와 실기가 끝난 7월 초여름 오후, 우리 반 학생 알파가 나에게 상담을 신청했다. 내신이 우수하고 실기도 최상위권인 알파가 무슨 이유로 상담을 신청했을지 궁금했다. 나는 그 당시의 건의 사항이나 교실의 문제같이 사소한 일로 날 찾아온 것으로 생각했다. 하지만 알파가 입 밖으로 내뱉은 말은 조금 충격적이었다.

"선생님…. 인문계 고등학교로 전학을 가고 싶어요. 음악을 그만두고 싶어요."

나는 순간 내 귀가 잘못된 줄 알았다. 입학 때부터 지난 실기들 모두 2위로 뛰어난 피아노 실력과 우수한 내신을 겸비한 알파가 음악을 그만두고 싶다는 게 이해가 가지 않았다.

"알파야, 음악이 많이 힘드니? 스트레스를 많이 받는 거야? 난 국어 전공이라 음악에는 문외한이지만, 너의 연주가 매우 뛰어나다는 것을 알고 있어. 예술을 모르는 내가 봐도 넌 재능이 있는 아인데 왜 음악을 그만두고 싶은 거야?"

"저는 더이상 파먹을 자존감이 없어요. 저 혼자만의 경쟁을 그만두고 싶어요. 패배자와 승리자에서 벗어나 평범한 쌍둥이로 돌아가고 싶어요. 그냥, 자유로워지고 싶어요."

나는 알파의 횡설수설한 말에서 어렴풋이 느낄 수 있었다. 이 일은 베타와 관련이 있구나. 언제나 1등을 차지한 베타가 미운 걸까. 아니면 고작 2등밖에 하지 못하는 자신이 미운 걸까. 알파를 잘 알고 있다고 생각했는데 아니었다. 나는 알파의 마음이 궁금해지기 시작했다.

"너의 갑작스러운 전학 선택이 조금 당황스러워. 무슨 연유로 전학을 가고 싶어졌니? 혹시 너의 심경 변화에 베타가 관련이 있는지 물어봐도 될까?"

"선생님도 아시다시피 저와 베타는…. 쌍둥이에요. 제가 언니로 태어나서 항상 동생을 챙기고 돌보는, 동생이랑 모든 것을 공유하는 전형적인 쌍둥이처럼 자랐어요. 네, 여기까지만 들으면 참 우애 좋은 자매구나 같은 느낌이죠? 사실 베타도 그렇게 생각할지도 몰라요. 하지만 전 아니에요.

언제부터였나…. 초등학교 6학년 때부터인가? 그때가 시작이었을 거예요. 제 열등감의 시작.

저는 4살 때, 어린이집에서 피아노를 처음 접해 봤어요. 그때 피아노의 매력에 빠진 것 같아요. 그래서 그때 이후로 피아노 학원도 열심히 다니고 클래식도 접하기 시작했어요. 하지만 베타는 초등학교 3학년 들어와서야 학원에 다니기 시작했어요. 저보다 6~7년은 늦은 시작이죠. 하지만 뭐든지 다 잘했던 베타는 피아노 또한 잘 쳤어요. 그래도 저는 베타가 피아노로 이기리라는 생각을 하지 못했어요. 저는 피아노 학원에서 자랑하는 우수한 학생이었고, 베타는 피아노를 갓 시작한 얼뜨기였으니깐요.

그렇게 시간이 지나고 초등학교 6학년 때, 피아노 원장님께서 저에게 콩쿠르 하나를 추천해 주셨어요. 국내 유명 콩쿠르인데, 여기서 대상을 받는다면 제가 지망하던 예중에 입학할 수 있다고요. 그때의 저는 정말로 피아노를 사랑했고 예중에 너무나도 가고 싶었기 때문에 그 대회에서의 대상이 간절했어요. 초등학생이 하루에 7시간씩 피아노를 쳐가면서 대회를 준비했어요. 지금 생각하면 정말 미쳤었던 것 같아요. 기교도 없고, 힘과 에너지 조절도 잘 못 할 때인데 7시간씩 강행군을 펼치다니. 그래서 전 제가 당연히 대상일 줄 알았어요. 그런데 그 대회 최고의 영광은 베타에게 돌아갔어요.

그날 제 세상이 무너졌어요. 대회 준비 기간뿐만이 아니라 4살 때부터의 시간, 노력, 열정이 무시당한 느낌이었어요. 물론 베타도 미친 듯이 연습하고 노력했겠지만 어린 시절의 전 편협한 시각으로 대상 실패에만 초점을 맞추었어요. 그리고 그 초점은 저의 입시 실패로 이동했죠. 반면에 베타는 예중 합격 보증수표가 생겼지만 절 따라 인문계 중학교에 입학했어요.

가끔 이런 생각을 하기도 해요. 이때 베타가 예중에 갔다면 지금처럼 이런 간극을 느낄 새도 없이 격차가 벌어졌을까. 베타가 예중에 가지 않은 것을 의아하게 여기다가도 예중에 가지 않은 격차가 지금의 격차라니, 예중에 갔다면 얼마나 큰 차이가 났을지 상상조차 하기 싫어요.

동생한테 이런 마음을 가진 저는 못난 언니에요. 베타의 웃는 얼굴만 보면 이런 생각 하는 게 죄책감이 들어요. 사실 원래는 죄책감은 들지 않고 그냥 베타가 하염없이 미웠어요. 저를 이긴 베타가 미웠던 건지, 베타를 이기지 못한 제가 미웠던 건진 모르겠지만요. 그런데 요즘 들어선 베타가 미운 게 아니라 제가 미워졌어요. 동생의 순수한 사랑과 애정을 왜곡해서 받아들이고 그걸로 자기혐오를 하는 제가 너무 추해 보였어요.

아, 자꾸 자기혐오로 핀트가 넘어가네요. 하여튼 그렇게 베타를 미워하는 상태로 중학교에 입학했어요. 중학교 입학하고 나서는 그래도 좋은 사이를 유지했어요. 편한 자매 사이처럼 같이 자기도 하고, 시내에 단둘이 놀러 나가거나 같이 스터디 카페도 가는 등 절친한 사이로 지냈어요.

그러고 나서 중학교 1학년 겨울, 밴드부에서 키보드 오디션이 열렸어요. 저희 학교 밴드부는 경쟁률도 치열하고, 2학년 밴드와 3학년 밴드 2체제로 구성된 특이한 구조에요. 그래서 2학년 선발 오디션 때 선발한 멤버를 그대로 유지해요.

저는 당시에 동경하던 2학년 선배가 밴드부 보컬이라서 밴드부에 들어가려고 했어요. 그때도 6학년 때처럼 미친 듯이, 그 선배가 좋아한다는 아이돌의 곡으로 오디션을 봤어요. 그래서 1차 오디션엔

거뜬히 합격했죠. 기쁜 마음으로 1차 합격자 명단을 살펴보는데 아뿔싸, 베타의 이름이 적혀져 있는 것 아니겠어요? 저는 정말 놀랐어요. 이 학교에서 피아노 전공은 저 이외엔 베타밖에 없고, 베타는 이런 오디션에 임할 사람이 아니라고 생각했기 때문에 전 막연히 제가 뽑힐 줄 알았어요.

하지만 오디션 1차 합격자 명단엔 베타가 있었죠. '베타가 갑자기? 왜? 언질도 없이?' 이런 생각들이 마구마구 피어올랐어요. 지금 생각해 보면 베타도 얼마든지 마음대로 오디션에 참가할 수 있는데, 그런 철없는 생각을 한 게 부끄럽네요. 15살 당시의 전 피해망상에 시달린 것 같아요. 자아 비대증? 베타가 나의 모든 것을 따라 하고 이길 것이라는 생각? 그냥 정신병 걸린 상태라고 해야 할 것 같아요.

그래도 베타를 이길 수 있다는 근거 없는 자신감을 가득 안고 선배가 좋아하던 가수의 대표곡으로 열심히 오디션 준비를 했어요. 그런데 변수라 해야 하나, 돌발 상황이 발생했어요. 베타가 2차 오디션에서 베타가 리스트 즉흥 환상곡을 연주해 버렸어요. 초등학교 6학년 때, 베타가 저를 피아노로 처음, 완벽하게 이겼을 때 콩쿠르 곡으로 썼던 곡이었어요. 다른 아이들 모두가 최신 유행 음악이나 아이돌 노래를 연주할 때, 혼자서 클래식을 연주하다니 얼마나 돋보였겠어요? 결국, 3차 오디션은 쏙 사라지고 베타가 밴드부가 되었어요.

그날 이후로 전 즉흥 환상곡을 들을 수 없어요. 초등학교 6학년 때도, 중2 때도 절 굴복시켜 버린 그 곡을 들을 자신이 없어요.

그리고 베타의 얼굴을 볼 수가 없어요. 베타의 얼굴을 보기만 하면 제가 패배자가 된 것처럼 느껴요.

그래서 베타의 얼굴을 제대로 보기 위해, 음악을 그만두고 싶어요. 베타에게 자랑스러운 언니가 되기 위함이자, 스스로 당당한 언니가 되고 싶어요. 베타에게 시기 질투 말고 사랑과 가족의 힘을 주고 싶어요."

충격적인 내용이었다. 늘 밝아 보이던 아이가 이런 속마음을 가지고 있는지 몰랐다. 어린 시절의 내 모습 같아 보이기도 하고, 한창 격정의 시기를 지나가는 모습을 보니 마음이 짠했다. 이런 마음을 못 알아보고 있었다니, 알파에게 미안한 마음을 품고 입을 열었다.

"알파야, 많이 힘들었구나. 그리고 이렇게 어려운 상황에서도 동생을 생각하는 마음이 잘 느껴져. 선생님 눈에는 마냥 네가 밝아 보이고 즐거운 생활을 하는 것처럼 보였지만 이렇게나 큰 고민을 가지고 있었구나. 선생님이 되어서 알아차리지 못해서 미안해. 하지만 선생님은 네가 음악을 그만두기를 원하지 않는다. 음악을 관두기에는 너의 재능이 반짝반짝 빛나고 있는걸.

선생님도 사실 친한 친구와 이렇게 멀어진 적이 있단다. 그때 대화 한번 해볼 걸, 편지라도 한 통 써볼 걸 아직도 후회하고 있단다. 선생님처럼 미련해지지 않으려면 베타와 대화를 해보는 게 어떨까 싶어. 우리에게는 방학이라는 시간이 아직 남아 있잖아."

내 말이 끝나기도 전에 알파의 눈에서 방울방울 눈물이 떨어졌다.

나의 발언이 알파에게 도움이 되어서 운 것일까? 아니면 자신의 자격지심에 눈앞이 깜깜해져 우는 것일까? 우는 연유를 도무지 종잡을 수 없었다. 내가 할 수 있는 일은 알파의 손에 휴지를 들려주고 등을 쓸어주는 것뿐이었다.

한참을 훌쩍이던 알파는 가슴팍을 오르락내리락 거리며 숨을 고르기 시작했다. 눈이 발갛게 부은 게 참 안쓰러워 보였다. 그런 알파를 보니, 문득 떠오르는 말이 있었다.

"옛날에 내 친구가 이런 말을 해준 적 있어. 열등감이 아니라 열정이라고. 사실 이때까지의 너는 열심히 피아노라는 너의 목표를 향해 열심히 달려온 것뿐이야."

"정말일까요.…."

"정말이지. 열심히 하지 않으면 그런 감정을 느낄 수도 없어. 열등감은 네가 열심히 노력했다는 증거란다."

"…."

"내가 보기엔 너는 휴식이 필요한 것 같아. 너무 피곤해 보여. 오늘은 이만 가보렴. 조퇴증 끊어줄 테니까 집에 가서 쉬어. 눈 찜질도 하고."

나는 조퇴증 위에 빠르게 알파의 이름을 휘갈겨 적었다. 내 책상 위에 굴러다니는 초콜릿도 집어서 알파의 손에 쥐여 주었다. 알파는 감사하다는 인사를 하더니 교무실을 조용히 빠져나갔다.

알파의 이야기에 충격이 컸다. 교직에 선 지는 몇 년 되지 않았지만, 이때까지 많은 사람의 상담을 해주었고 속사정을 들어보았다. 그러나 알파와 같은 케이스는 처음이었다.

내가 항상 봐오던 알파는 내신 성적은 물론이요 실기 성적도 뛰어나고, 훌륭한 리더십으로 반을 이끌어 나가는 우리 반의 반장이자 튼튼한 멘탈로 친구들을 케어해 주는 그런 아이였다. 그런 알파의 내면이 이렇게 어두울 줄이야. 평소에 반 아이들을 완벽하게 파악하고 있다고 생각한 나의 불찰이었다. 완벽해 보이는 알파에게 학창 시절의 나 같은 모습이 있었다니.

학창 시절의 난 알파처럼 열등감에 똘똘 뭉쳐져 있었다. 열등감에 꽁꽁 싸여 한 치 앞도 보지 못하는 어리석은 상태. 그때 한 친구가 '열등감이 아니라 열정이다.' 라는 말을 해 주어서 참 위로가 되었다.

알파의 모습은 그때의 나를 보는 것 같았다. 알파의 이야기를 들을수록, 자기비판과 열등감에 빠져 있는 모습을 볼수록, 학창 시절의 내가 생각났다. 이런 열등감은 모든 사춘기 청소년이 으레 지나가는 길목인 걸까. 그렇게 가볍게 치부하기엔 알파의 고민이 너무나도 깊었다. 어떻게 해야 이 간극을 메울 수 있을지 고민되었다. 결국, 고민 끝에 베타를 교무실에 부르기로 마음먹고, 베타에게 메시지를 보냈다,

#4 그때 피아노 전공을 해야겠다고 마음먹었어요

"베타야, 갑자기 교무실 오라고 해서 놀랬지? 큰 잘못이나 그런 건 아니고, 그냥 너에 관해서 좀 더 알고 싶어져서 불렀어. 시간 괜찮으면 상담 가능할까?"

교무실로 오라는 메시지를 보고도 웃는 얼굴로 달려온 베타에게 갑작스러운 상담을 제안했다. 그래도 베타는 방실, 웃으면서 '네'라고 대답하였다.

"베타야, 너 초등학교 6학년 때 알파랑 같이 피아노 콩쿠르에 나간 적이 있니?"

"네, 6학년 겨울이었나? 전 대상 타고 알파는 최우수상인가 금상인가 탔어요! 저희 쌍둥이가 싹쓸이해 버린 거죠, 뭐."

"그때 받은 대상 말이야, 신명 예중 3년 장학금 조건이었던 거 아니?"

"오, 장학금까진 몰랐는데 신명 예중 갈 수 있는 건 알았어요!"

나는 이 대목에서 머리가 어질어질해졌다. 오랜만에 느껴보는 이 느낌. 알파의 기분을 알 것 같았다. 천재의 무지에서 오는 괴리감. 그 것이 알파를 괴롭게 만든 것인가?

"그럼, 베타 너는 신명여중에 입학할 수 있다는 걸 알고 있었네? 근데 왜 가지 않았니?"

"알파랑 떨어지기 싫어서 그랬어요. 사실은 피아노라는 악기 자체를 알파가 해서 시작한 거였어요. 13년 동안 같이 살아왔는데 갑자기 신명 예중에 가서 홀로 기숙사 생활이라니. 13살의 저는 그런 나날을 버틸 수 없다고 판단했어요. 그래서 신명 예중을 가지 않고 알파랑 같이 성명여중에 갔어요."

"아, 그랬구나. 베타에겐 알파가 얼마나 중요한 사람인지 확 느껴지네. 우애 깊은 모습이 보기 좋구나. 그런데 궁금한 점이 하나 있어. 알파는 4살 때 어린이집에서 피아노를 처음 접해봤다고 하거든. 그런데 너는 초4 때부터 시작하고도 알파를 따라잡은 거잖아. 어떻게 생각하니. 스스로 생각해 봐도 대단하지 않니?"

"아니요. 오히려 알파가 대단하죠. 저는 피아노는 좀 치지만 알파보다 공부도 못 하고, 꼼꼼하지도 않고, 제멋대로인 성격이라 리더십이랑도 거리가 먼데요. 하지만 알파는 피아노도 잘 치고, 공부도 잘하고, 성격도 두루두루 친한 갓생러에요. 이런 저보다는 모든 걸 다 잘하는 알파가 훨씬 더 대단하지 않나요?"

"음, 베타는 알파를 슈퍼우먼이라고 생각해 주는 거구나? 오히려 알파는 너를 슈퍼우먼이라고 생각해 주는 것 같던데. 아마도 너의 피아노 실력이 뛰어나서 그런 것 같아. 알파는 너의 피아노 연주를 되게 높이 평가하더라고."

"에, 진짜요? 전 알파의 연주가 딱 좋아요. 정석적이잖아요. 박자, 리듬, 음정, 빠르기 모든 게 다 정석이에요. 어려운 기교도 정박으로 척척 쳐내는 연주에서 탄탄한 기본기가 드러요. 하지만 제 연주는요 너무 즉흥적? 감정적? 이에요. 연주 실력은 알파가 훨씬 더 뛰어나요!"

"오, 그렇구나. 궁금한 게 하나 더 있는데, 베타 너는 언제부터 피아노를 시작했고, 언제 전공을 희망했는지 기억이 나니?"

"저의 피아노 일대기는 생각보다 많이 길어요. 4살, 어린이집에서 알파는 피아노, 전 발레를 선택했어요. 그땐 마냥 하늘하늘 나비처럼 발레가 아름다워 보여서 발레를 선택했어요. 막상 해보니 힘들더라고요. 콩쿠르 나가는 것까지만 하면 참 좋은데, 아무런 소득이 없으니깐 어린 마음에 지쳤나 봐요. 다 같이 대회에 나가도 큰 상은 다른 아이들이 받고, 전 장려상 같은, 참가상이나 다름없는 상을 받고. 이런 애매한 입지를 견디지 못했어요. 결국 초2 때까지 취미 발레를 하다가 전공으로 넘어가지 못하고 그만둬버렸어요. 그리고 알파를 따라서 피아노를 배우게 됐죠.

피아노, 꽤 재미있더라고요. 작은 건반 하나하나를 눌러서 하나의 선율을 만들어 낸다는 게 생각보다도 훨씬 멋있는 일이지 뭐예요. 그래서 피아노를 본격적으로 시작했어요. 하루에 2시간씩, 주 4회 열심히 학원에 다니기 시작했어요. 그렇게 다니니깐 피아노 원장 선생님께서 콩쿠르를 제안하셨어요. 그 순간 심장이 막 뛰는 거 있죠. 알파는 음악 콩쿠르 경험이 많아서 무덤덤했겠지만, 저에게는 처음이었어요! 발레에서 피아노로 형태는 바뀌었지만 다시 콩쿠르에 나갈 수 있다니. 어린 몸에서 어떤 기운이 솟아 나왔는진 모르겠지만 미친 듯이 대회를 준비했어요.

알파가 베토벤의 월광을 준비한다고 하기에 전 리스트 즉흥환상곡을 준비했어요. 악보를 달달 외우고, 잘 때는 즉흥환상곡을 무한 반복하며 듣고, 주말에는 하루에 6시간씩 피아노를 치면서 연습했어요.

저의 3달을 콩쿠르에 갈아 넣고 콩쿠르 무대에 섰을 때, 가슴이 두근두근하더라고요. 피아노 건반을 누를 때마다 머리가 어질어질하지만 정신이 똑바로 드는, 어떤 연주를 했는지는 기억이 나질 않지만 연주할 때의 감각만은 온몸에 선연한, 신기한 느낌으로 가득 찼어요. 블랙아웃이라고 해야 하나, 단기 기억 상실증이라 해야 하나. 그런 질병이라고 치부될 수 있을 정도의 떨림이 저를 지배했어요.

그리고 대상 수상자에 제 이름이 불릴 때, 강렬한 쾌감과 도파민이 온몸을 훑더라고요. 생전 처음 느껴보는 황홀한 느낌. 모든 사람이 나를 주목하고, 나를 향해 박수 쳐주고, 내가 그 공연장의 지배자가 된 것 같은 기분. 그날 느꼈어요. 피아노는 나의 길이구나. 그때 피아노 전공을 해야겠다고 마음먹었어요."

문득 나는 나의 얼굴이 화끈거리는 것을 느꼈다. 항상 유머 스럽고 가벼운 분위기의 베타가 마냥 가벼운 어린애가 아님을 깨달았다. 마냥 언니를 따라 하는 쌍둥이 여동생이 아닌, 자신의 의지가 확고하고 길을 개척해 나가는 주도적인 아이이다. 물론 뛰어난 재능이라는 행운이 있지만, 무지한 아이는 아니다.

순간, 이 아이를 무지한 천재라고 평가한 나 자신이 부끄러워졌다. 다시 고등학교 때의 실수를 범한 것 같았다.

"그날 이후로 피아노에 진심이 되었구나. 그러면 제대로 된 입시 개인지도는 그날 이후부터 받기 시작했니?"

"네. 원래는 가볍게 배우다가 콩쿠르 이후로 입시 레슨을 받기 시작했어요."

"그래. 그날 이후로 열심히 피아노를 치기 시작했구나. 선생님이 듣기로는 베타가 중학교 때 밴드부 키보드를 했다면서? 그때의 오디션 과정을 말해 줄 수 있을까? 알파가 오디션 현장 이야기를 해줬는데 궁금한 점이 생겼거든."

"당연히 가능하죠! 중학교 입학식 때, 밴드부 선배들이 축하 공연을 해주셨어요. 저는 그 모습을 보고 밴드부에 들어가야겠다고 마음을 먹었어요! 많은 사람 앞에서 악기를 연주하고 환호성을 받는 일, 콩쿠르랑 똑같잖아요! 콩쿠르의 희열을 교내에서 자주 느낄 수 있다니, 그런 기회를 놓칠 수 없다고 생각했어요.

시간이 흘러 1학년 겨울, 밴드부 모집 공고가 올라왔어요. 1차 오디션은 이메일로 악기 연주 영상 전송하기였어요. 전 무난하게 당시

유행하던 밴드의 노래를 연주했고, 오디션에 붙었어요. 붙은 이후로는 드라마 OST를 2차 오디션 곡으로 삼고 맹연습을 했어요. 그러나 오디션 당일, 음악실에 알파가 있어서 깜짝 놀라버리고 말았어요. 6학년 때의 콩쿠르 이후론 같은 무대에 올라본 적도, 같은 대회에 나간 적도 없었는데 밴드부 오디션에서 만나다니. 역시 쌍둥이의 운명인 건가. 하고 생각했어요.

알파를 보니깐 콩쿠르 곡과 콩쿠르 연주 때의 희열, 콩쿠르를 준비한 긴 시간 등등이 생각나더라고요? 그리고 왠지는 모르겠지만 경쟁심도 조금은 났던 것 같아요.

그런 복잡한 상황에서 오디션을 보니깐 미리 준비했던 드라마 OST 대신 머릿속에 콩쿠르 곡만 맴도는 거예요. 결국 준비했던 노래 대신에 콩쿠르 입시 곡이었던 즉흥 환상곡을 치기 시작했어요.

다들 아이돌 노래나 유명 가수의 노래를 칠 때 혼자서 클래식을 연주하다니. 전 당연히 제가 떨어질 줄 알았어요. 2년 만에 쳐보는 곡이라 실수투성이였던 연주였어요. 그런데 제가 뽑혔더라고요? 전 당연히 최신 아이돌 곡을 열심히 준비한 알파가 뽑힐 줄 알았거든요.

그런데 얼떨결에 3차 오디션도 없이 제가 바로 뽑혔어요. 당황스럽긴 했는데 매우 즐거웠어요. 실력을 인정받은 느낌이었거든요.

음악을 좋아하는 동기들, 선배와 대화를 나누고, 우리의 음악에 대하여 토론하고, 합주도 하고, 같이 놀기도 하면서 밴드부의 결속력이 강해졌어요. 선배를 보낼 땐 다 같이 울었고, 후배를 뽑을 땐 다 같이 웃었죠. 축제 때나 학교의 큰 행사 때마다 공연을 뛰고, 졸업식 날 마지막 연주를 끝냈을 때는 밴드부 다 같이서 펑펑 울기도 했어요.

이렇게 즐거운 생활이 끝나고 우리는 서로 다른 학교로 흩어진다는 것 때문이었나, 지긋지긋하던 중학교를 탈출해 새 시작을 하는 설렘이었나. 잘 기억은 안 나지만 그날 보았던 관객석은 눈물바다였어요. 참 즐거웠던 기억 중 하나에요, 밴드부는.”

생각보다 더 놀라운 아이였다. 알파를 견제한 것도, 무의식적으로 많은 일을 일으키지만, 그 결과는 성공적이라는 게 매우 천재 같다. 마냥 해맑은 아이라 생각했는데, 사실은 경쟁의식도 있고 생각도 깊은 아이다. 내가 생각하고 알파가 생각했던 이미지와는 많이 다른 느낌이다.

“그렇구나. 콩쿠르, 밴드부, 그리고 실기 1등이라… 옛날부터 뛰어난 재능이 있었네. 반 친구들하고도 잘 어울리는 것 같고. 요즘 알파랑은 어떻게 지내니?”

“알파랑은요? 요즘 알파가 좀 쌀쌀해진 것 같긴 한데 괜찮아요. 원래 이맘 때 시즌이면 알파가 예민해요. 내신 때문인가? 실기? 이유는 모르겠어요.

중학교 때까지만 해도 이렇게까지 딱딱한 아이는 아니었는데, 고등학교 올라와서부터 더 딱딱해졌어요. 스트레스 때문인가?

사실 알파와의 관계…. 선생님께 드리고 싶은 말이 조금 있어요. 초등학교 때는 맨날 붙어 다니고 지금처럼 딱딱한 분위기도 아니었어요. 오히려 저보다 쾌활하고 장난기 많았던 게 알파였어요.

하지만 중학교 올라오고 나서는 애가 조금 조용해졌어요. 아마 그때 즈음 대회에서 제 기량을 발휘하지 못해서 자존감이 떨어지고, 거기에 코로나까지 겹쳐서 그랬나 봐요. 그래도 중1 때는 단둘이서 시내 나들이도 가고, 같이 영화도 볼 정도로 사이가 좋았어요.

그런데 중학교 2학년 들어오고 나서부터 알파가 딱딱해지기 시작했어요. 아니다, 오히려 딱딱이라면 나은 상태? 이유는 모르겠지만 어느 날부터 알파의 태도가 정말 쌀쌀맞아졌어요. 집에서 말 걸면 단답으로 하고, 학교에서 마주치면 무시하고 가고… 저는 알파가 사춘기가 왔나, 내가 알파에게 큰 잘못을 했나, 나도 모르는 사이에 일이 생긴 건가 하면서 혼자 애를 끓였어요.

다행히 중3이 되자 관계가 조금 나아졌어요. 중1 때처럼은 아니지만 단둘이 카페도 가고, 이야기도 깊게 하며 지냈어요. 근데 요즘은 중2 때처럼 다시 절 밀어내요. 알파의 심리를 종잡을 수 없어요."

"아하… 알파가 원래는 그런 성격이 아니었구나. 요즘 들어서 다시 딱딱해졌다 하면은 최근에 있었던 사건 때문에 그런 게 아닐까?

사실 어제 알파가 나한테 상담 신청을 했거든. 많이 힘들어 보였어. 아마도 내신이나 실기 같은 것에 스트레스를 많이 받나 봐. 선생님이 알파랑 다시 상담해 보고 알파가 왜 그렇게 행동하는지 알아봐 줄게. 너무 걱정하지 말고. 그렇다고 상담한 티 내지 말고. 알파가 상처받을 수도 있으니깐. 이제 올라가 보렴. 시간 내줘서 고마워."

"네. 감사합니다."

상담을 마무리 짓고 베타를 올려보냈다. 오늘 총체적으로 봤을 때 베타는 매우 신기한 아이다. 모든 일에 생각 없이 임하는 것 같은데, 결과물은 매우 우수하고, 막상 보니 자신 나름의 뜻과 생각도 지니고 있는 아이다. 한없이 가벼워 보이기만 한 아이고 주변에서도 그렇게 생각하는 아이지만 실제로는 그렇지 않다. 오히려 엄청나게 사려 깊은 아이다. 알파가 자신을 멀리하는 것도 알고, 알파가 왜 자신을 멀리하는지는 모르지만, 그 이유를 알려고 하는 게 기특하다.

참 신기하다. 이런 아이들이 자매라는 게, 그리고 이런 아이들 사이에 갈등이 일어났다는 게. 이 아이들은 어떻게 하면 다시 친해질 수 있을까? 나처럼 후회할 일을 만들지 말고 시원하게 화해했으면 좋겠다.

#5 그렇게 난 그 아이를 놓쳐버렸다.

고등학교 1학년. 혜성 같은 친구를 만났다. 아무런 꿈이 없던 나에게 '국어 교사'라는 꿈을 주고, 컴퓨터에 문외한이었던 나에게 컴퓨터 언어라는 것을 알려주고, 내 인생의 교훈을 바꿔주고, 제대로 된 친구가 없던 나에게 진정한 친구가 되어준 한 친구를 만났다.

고등학교 입학 후 첫날, 눈이 사슴같이 커다랗고 똘망똘망한 여자아이가 나에게 먼저 말을 걸어주었다. 내 이름은 무엇이고, 어디 중학교 출신인데 배정이 망해서 이런 학교에 왔다는 둥, 각종 이야기를 늘어놓기 시작했다. 극 내향성 인간인 나에게는 조금은 버거운 아이였지만, 그래도 재미있었다. 처음 보는 사람과 금방 말문을 트고 웃는 모습이 참 부러웠다.

놀라운 친화력을 바탕으로 반 아이들과 가까워진 아이는 회장 선거에서 당당히 당선되었다. 당시 선거에 입후보했던 나는 꽤 많은 표

차로 2등이 되어 부회장이 되었다. 그 이후로도 참 많은 일이 있었다. 우리 반 다 같이 현장 체험학습 장소를 정하고, 선생님 깜짝 생신 파티도 준비하고, 수련원에 가서 몰래 과자를 까먹는 등 많은 추억을 함께했다. 학급 단체로의 추억이 아니라 둘뿐 만에 추억도 가득했다.

중간고사 성적이 나온 후, 서로 부족한 과목을 가르쳐 주며 공부했을 때. 그 당시의 나는 자존감이 많이 하락해 있던 상태였다. 중학교보다 열심히 공부했는데 성적은 더 떨어지고, 내가 곧잘 하던 과목들에서 생각지도 못한 등급을 받았다. 서술형 채점하는 일주일 내내 우울한 생각만 내 머릿속을 잠식했다. 그러나 이 아이는 자괴감의 늪에 빠진 나를 꺼내주었다.

열등감이 아니라 열정이라고, 너는 항상 잘하고 있다고, 어쩜 그렇게 문학 설명을 잘하느냐고. 자신은 이과라 문학은 하나도 모르는데 너의 설명만 들으면 어떤 문학 문제가 나타나도 풀어낼 자신이 있다고 말해 주었다.

이 아이는 꿈도 없고 하고 싶은 것도 없던 상태에서 나를 꺼내주었다. 내가 국어 교사란 꿈을 가질 수 있게 해준 친구였다. 다시 생각해 보니 17살이라는 나이에 맞지 않게 성숙한 태도였다. 그때 이후로 우리는 더 가까워졌다.

2학기에 '정보'라는 과목을 새로 배울 때, 난 많이 고생했다. 온갖 컴퓨터 언어들과 괴랄한 코딩들, 그런 것들을 이용해 가상세계에서 무엇을 창조해야 한다는 점이 문과였던 나에게는 매우 최악이었다. 그래도 수행평가는 어찌어찌 잘 넘어갔다. 그런데 사전에 정기 고사

없이 수행평가로만 점수를 매긴다는 공지를 철회하고, 기말고사 때 시험을 치겠다고 폭탄 발언이 발표되었다.

나와 같이 정보라는 과목이 낯설었던 아이들은 미친 듯이 항의를 했지만 바뀌는 건 없었다. 결국 운명에 순응하고 정보 공부를 하고 있는데, 도대체 이게 무슨 말인지 이해할 수가 없었다. 그럴 때 도움을 준 건 바로 또 그 아이였다.

전교 4등이라는 뛰어난 두뇌를 지닌 그 아이는 자기 공부하기도 바쁠 텐데 야자 시간마다 나에게 컴퓨터 언어 강의를 해주었다. 매일 2시간 동안 특강을 듣다 보니, 얼떨결에 정보 1등급을 맞아버렸다.

신기했다.

이런 나에게도 시간을 아끼지 않고 투자해 주는 친구가 있다는 사실과 그런 친구 덕분에 정보 1등급이라는 점수를 받은 게 신기하였다.

나는 그 아이를 매우 많이 좋아했고, 그 아이도 나를 많이 아꼈다. 우리 학교 1학년 학생들과 선생님들에게 우리의 조합은 유명했다. 공부도 잘하는 두 명이 찰떡처럼 붙어 다닌다고. '나' 하면 그 아이가 수식어처럼 따라왔고, '그 아이' 하면 수식어처럼 내가 따라왔다. 그때까지만 해도 참 좋았다. 추한 자격지심과 질투가 드러나기 전까지는.

사건의 시작은 2학년, 전교 회장 선거 때부터였다. 초등학교, 중학교 모두 전교회장을 역임한 나는 이번에도 당연히 내가 당선될 줄 알았다. 그 아이도 같이 후보로 나왔지만 난 당연히 내가 될 줄 알았다. 공약도, 선거 포스터도 내가 더 뛰어났으니깐. 그러나 내가 예상한 대로 상황은 흘러가지 않았다.

사람들은 내 공약보단 그 아이의 공약을 더 좋아했고, 내 포스터보단 그 아이의 포스터를 더 좋아했다. 지금 생각해 보면 내 공약은 겉보기만 화려할 뿐 지켜지기 어려운 공약들이었지만 그 아이의 공약은 소소해도 지키기 쉬운, 신뢰성 있는 공약이었다. 나의 포스터는 전문 업체에 맡긴 양산형 포스터였지만, 그 아이의 포스터는 집에서 손수 만든, 정감 가는 포스터였다. 결국 난 전교 회장에 당선되지 못하였고, 그 아이가 당선되었다. 여기까지는 그럴 수 있다고 여겼다. 왜냐하면 작년에도 그 아이가 날 이긴 적이 있으니깐.

하지만 시간이 갈수록 그 아이에게 질투를 느끼는 날들이 늘어났다.

국어는 평생 1등급을 놓친 적이 없었던 내가 2등급이 뜬 것이다. 나의 국어 실력은 내 자부심이고, 유일하게 자랑할 수 있을 만큼의 성적이었다. 즉, 나의 자존심이었다는 거다.

이때 우리 학교의 국어 1등급 컷은 96.7점으로, 딱 8등까지였다. 하지만 나는 95.9점으로 전교 9등이 되어버렸다. 그 아이가 딱 96.7점으로 나 대신 전교 8등을 차지했다. 지금 생각하면 공부를 열심히 하지 않은 내 탓이지만, 그땐 왜 그렇게 그 아이가 미웠는지 모른다. 지금 다시 생각해 보니 내 생각이 정말 어리고 철없었던 게 뼈저리게 느껴진다.

이것 이외에 교내 영어 웅변대회, 과학 탐구 보고서 대회 등등 각종 대회나 줄 세우기, 점수 내기가 항상 그 아이에게 밀렸었다. 그래서 어리석은 마음에 그 아이를 미워한 것 같다. 그래도 그때까지는 나의 열등감을 티 내지 않고 그 아이와 함께 다녔다. 그 아이가 너무 좋았고, 함께하는 시간이 매우 즐거웠기 때문이었다. 그렇게 우리는 고등학교 3학년이 되었다.

그러나 큰 사건이 벌어졌다. 고등학교 3학년, 1학기 기말고사. 내신이 마지막으로 들어가는 마지막 라운드다. 하필 그때의 시험이 매우 불 난이도로 나와서 학년 평균 점수가 40대 초반일 정도로 처참했다. 그래도 나의 평균은 80점대 후반으로 우수한 성적을 확보했다. 하지만 나의 등급이 추락하는 사건이 일어났다. 사건의 전말은 이렇다.

고난도 문제 내기에 집중하신 선생님들이 영어 서술형에 오류를 내버렸고, 복수 정답이 가능한 상황이었다. 상황이 매우 애매해 이중으로 해석할 수 있고, 해석에 따라 문법을 다르게 적어야 하는 최악의 문제였다. 하지만 나는 내 문법이 올바르다 생각하고 적었다. 그리고 선생님께서 실제로도 나의 답이 올바르다고 매기셨다.

그러나 그 아이가 이것은 말도 안 된다고, 다른 문제집과 책들을 보면 십중팔구 자신이 적은 문법 또한 옳다고 주장했다. 자신의 문법이 옳다고 책을 바리바리 싸 들고 온 그 아이를 누가 말리겠는가. 선생님은 결국 골 아픈 문제를 해결하기 위해서 그 문제에다가 답을 적은 모든 사람에게 그 문제를 무효 처리해 버렸다.

결국 나의 영어 등수는 떨어지고, 등급 또한 자연스레 떨어졌다. 원래대로라면 나의 서술형은 틀리지 않았을 것인데. 어린 나이에 그 아이가 참 미워졌었다. 그깟 성적이 뭐라고.

그래서 불같이 싸웠다. 물론 그 아이도 억울했을 거다. 자신은 복수 정답을 바라고 항의했는데 무효 처리로 돌아오다니. 자신의 등급 또한 떨어졌을 텐데. 위로해 줄 줄 알았던 내가 시비를 걸어서 얼마나 속상했을까. 그 착한 아이에게 내가 무슨 짓을 했는지 기억도 안 난다. 아마도 심각한 폭언을 내뱉었을 것이다. 나의 실책이다.

원래는 등하교도 같이하고, 도서관에 가서 같이 공부도 했지만, 그날 이후론 내가 점점 그 아이를 멀리하기 시작했다. 등하교도 다른 친구와 하고, 공부도 자습실에 가서 홀로 하였다. 그 아이도 한 달 동안은 내 곁에서 맴돌다가 결국은 떨어져 나갔다. 그렇게 난 친구를 정말 좋아했던 친구를 놓쳐버렸다.

2학기 올라가서는 수능 준비로 서로 바빠 데면데면하게 지냈다. 둘 다 우수한 성적으로 인 서울 높은 대학을 지망하고 있어 눈코 뜰 새 없이 바빴다.

그리고 수능이 끝난 뒤, 카페에서 우연히 그 아이를 다시 봤다. 그 아이는 여전히 아름다웠고, 여전히 똑똑했으며, 여전히 착했다. 그러나 그 옆에는 내가 아닌 다른 친구가 있었다. 그 순간 나는 무언가 잘못되었음을 느꼈다. '우리가 얼마나 친했는데. 왜 너의 옆에는 내가 아닌 다른 아이가 있을까.' 같은 어이없는 생각이 자꾸만 떠올랐다. 하지만 별수 있는가. 내가 잘못한 일인걸. 그렇게 난 그 아이를 놓쳐버렸다.

지금은 간간이 고등학교 친구들을 통해 소식을 듣는 중이다. 마음만 먹으면 1시간 안에 그 아이의 전화번호를 찾을 수 있다. 하지만 여태까지 그 아이를 찾으려 시도한 적은 없다.

나는 알파와 베타가 나같이 후회 가득한 삶을 살지 않기를 바란다.

소중한 친구를 잃지 않기를 바란다.

결국 난 오랜만에 '그' 폴더를 연다. 만들어 놓기만 하고 정작 사용은 못 한 앱. 코딩을 조금 손보고, 규칙을 새로 추가하고, 금지 단어를 설정하고…. 밤새도록 컴퓨터에 매달린 결과, 애플리케이션이 드디어 만들어졌다. 이제 이걸 휴대전화기에 다운로드하면… 성공이다. 이제 출근 준비를 해야 할 것 같다.

#6 "누군가로부터, 메시지 한 통이 도착했습니다."

아침 6시에 일어나 준비한 후 7시 출발, 7시 30분에 학교에 도착하는 평소와 같은 나날을 보내고 있을 때, 갑자기 핸드폰 화면이 반짝거렸다. 어젯밤에 찍은 피아노 타임랩스 영상이라도 켜졌나 생각하며 화면을 확인해 보았다

| '메시지가 도착하였습니다.' |
| '눌러서 확인하기' | | '취소' |

이상한 앱이 깔려 있었다. 그리고 이상한 메시지도 한 통 도착해 있었다. 해킹 같다고 생각하며 앱 삭제를 시도해 보았지만, 앱이 지워지지 않았다. 결국 찝찝한 마음에 접속해 보니, 공지 사항이 적혀져 있었다.

※ 당신과 대화하는 사람은 당신과 동갑인 여성임을 명심하세요. 서로에게 허락된 정보는 이것뿐입니다.

1. 당신의 개인 정보를 노출하지 마시오.

당신의 이름, 거주지, 학교, 친구 등 그 모든 것을 말하지 마세요. 당신이 밝힐 수 있는 것은 당신의 속마음뿐입니다.

2. 상대의 정보를 알려고 하지 마시오.

우리 모두는 서로의 마음을 치료하기 위해 모였습니다. 상대방이 누군지 알 것 같을지언정, 입 밖으로 말하지 마세요.

3. 상대방의 말에 귀 기울여주고 깊은 공감을 해주어라.

우리 모두 아픈 마음을 가졌습니다. 같은 나이, 같은 성별인 만큼 서로를 이해하는 게 더 빠르겠죠?

4. 누구에게도 이 앱의 정체를 들키지 마시오.

이 앱의 비밀번호는 당신의 생일입니다. 당신이 비밀번호를 알려주지 않는 한 그 누구도 이 앱에 들어오지 못해요. 이 앱의 비밀을 지켜주시길 바랍니다.

5. 이 앱을 지우지 마시오.

이 앱은 특정 조건을 달성하기 전에는 지워지지 않아요.

위 사항을 모두 읽으셨다면, 편히 대화를 시작해 주세요.

어처구니가 없었다. 나의 의지와는 상관없이 깔린 익명 대화 앱이라니. 얼떨결에 앱을 뒤적거리다 보니 소량의 정보를 얻게 되었다. 이 앱에서 나의 이름은 'A'라고 설정되어 있었고, 상대방은 'B'였다. B는 아직 앱에 접속하지 않았는지, 대화방이 텅텅 비어 있었다. 아무것도 없는 채팅방이 어색했던 나는 결국 '안녕'이라는 짧은 인사만 던져놓은 채로 앱을 껐다.

#7 "누군가로부터, 메시지 한 통이 도착했습니다."

아침 6시 40분, 평소와 같이 일어나 씻고 7시 20분 버스를 탔다. 버스 안에서 인스타를 뒤적이던 그때 핸드폰 불빛이 번쩍번쩍 빛났다.

| '메시지가 도착하였습니다.' |
| '눌러서 확인하기' | | '취소' |

'에? 이게 뭐지? 신종 피싱 범죄인가?'라는 생각이 번쩍 들었다. 반신반의하며 앱에 들어갔을 때, 화면이 현란하게 바뀌며 공지 사항이 주르르 떴다.

~ 공지사항 ~

※당신과 대화하는 사람은 당신과 동갑인 여성임을 명심하세요. 서로에게 허락된 정보는 이것뿐입니다.

1. 당신의 개인 정보를 노출하지 마시오.

당신의 이름, 거주지, 학교, 친구 등 그 모든 것을 말하지 마세요. 당신이 밝힐 수 있는 것은 당신의 속마음뿐입니다.

2. 상대의 정보를 알려고 하지 마시오.

우리 모두는 서로의 마음을 치료하기 위해 모였습니다. 상대방이 누군지 알 것 같을지언정, 입 밖으로 말하지 마세요.

3. 상대방의 말에 귀 기울여주고 깊은 공감을 해주어라.

우리 모두 아픈 마음을 가졌습니다. 같은 나이, 같은 성별인 만큼 깔려 이해하는 게 더 빠르겠죠?

4. 누구에게도 이 앱의 정체를 들키지 마시오.

이 앱의 비밀번호는 당신의 생일입니다. 당신이 비밀번호를 알려주지 않는 한 그 누구도 이 앱에 들어오지 못해요. 이 앱의 비밀을 지켜주시길 바랍니다.

5. 이 앱을 지우지 마시오.

이 앱은 특정 조건을 달성하기 전에는 지워지지 않아요.

위 사항을 모두 읽으셨다면, 편히 대화를 시작해 주세요.

어처구니가 없었다. 갑자기 내 휴대전화에 깔려서 하는 행동이 '대화'라니. 그저 사이비 종교가 불법 배포한 앱 같았다. 폭풍 터치로 공지 사항을 닫고 나니, 한 대화창이 눈에 들어왔다. A로부터 '안녕'이라는 인사가 와 있던 것이다.

'진짜로 거짓이 아니라 대화 앱인가?'라는 생각과 '사이비 같은데? 나중에 전도하는 거 아닐까?'라는 생각 둘 다 들어서 일단 질러 보았다. '안녕. 너도 17살 여자니? 나도 17살 여자야. 우리 둘이 매칭된 거 보면 고민이 비슷한가 봐.'

#8 소소해도 괜찮아. 일단은 고민이잖아. 얘기해 줘.

학교 정규 수업이 끝난 뒤, 핸드폰을 받았다. 여러 메신저 알람을 확인하던 중, 아침에 봤던 이상한 앱의 알람을 보았다. B의 답장이었다.

'안녕. 너도 17살 여자니? 나도 17살 여자야. 우리 둘이 매칭된 거 보면 고민이 비슷한가 봐.'

생각보다 예리한 답장이라서 놀랐다. 이 아이가 정말로 나와 비슷한 고민을 하고 있을까? 궁금해서 떠볼 작정으로 메시지를 보냈다.

'너는 어떤 고민을 하고 있니? 내 고민은 어떤 사람에 대한 열등감이야. 내가 몇 년 동안 열심히 한 일도, 그 사람은 단 몇 개월 만에 완벽하게 해내. 또, 나랑 같이 경쟁할 때가 많은데 항상 그 사람이 이기거나 나보다 높은 순위를 가져가. 그냥 내 능력이 부족한 건데 자꾸 열등감이 새어 나오는 게 내 고민이야. 너의 고민은 뭐니?'

메시지를 보내자마자 상대방은 바로 읽었다. B가 정말로 17살 여자라면 방금 학교를 마치고 핸드폰을 들고 있는 것 같았다. 왠지 동질감이 들었다.

'열등감이 너의 고민이구나. 깊은 감정의 골이 있는 것 같아. 그에 비하면 나의 고민은 조금 소소한 것 같기도 한데….'

답장이 왔다.
이왕 연락이 닿은 김에 대화해 보는 게 나쁘지 않을지도 모른다. 어차피 화면 너머의 상대방도 나랑 동갑인 17세 여자아이라면 나쁘지 않은 대화 상대다. B의 이야기를 들어보고 싶다.

'소소해도 괜찮아. 일단은 고민이잖아. 얘기해 줘.'

#9 이 앱의 개발자가 누군지 알 것 같다.

학교를 마치니 A에게서 답장이 왔다. 열등감…이라니. 나보다 깊은 고민을 가진 것 같았다. 그에 비하면, 쌀쌀맞은 언니와 언니의 관심을 구하는 동생이라. 저 아이가 듣기에는 어이없을 것 같았다. 그런데 이야기해 달라니. 결국 대화창을 열어 입력하기 시작했다.

'내 고민은⋯.'

적다가 순간 혼동이 왔다. 언니와 동생 사이의 일, 즉 가족 간의 일인데 이거를 가족관계라 이야기해야 할까 아니면 인간관계라고 범주를 넓혀야 할까. 가족관계라 하면 내가 정말로 바보 같아 보일 것 같고, 앱의 규칙 속 익명성을 유지하라는 항목도 있었기 때문에 인간관계라 칭하기로 마음먹었다.

'내 고민은 인간관계야. 나는 정말 오래된 친구가 있어. 태어날 때부터 같이 자라왔다고 해도 될 정도야. 초등학교 때까진 엄청 친했어. 맨날 붙어 다녔지. 근데 중학교 들어와서는 사이가 좀 변해버렸어. 그 친구가 나를 자꾸 밀어내. 난 그 친구가 아직도 좋은데 그 친구는 내가 싫어진 걸까?'

'음⋯. 친구가 널 멀리한다고? 꽤 특이한 고민인걸. 혹시 둘이 싸우거나 갈등이 생길 만한 사건이 있었어?'
'아니, 그런 건 없었어. 우리 사이는 매우 좋았는데, 지금은 이렇게 되어버렸어. 설마 내가 눈치 없이 굴었나? 친구가 조금은 예민한 성격인데 난 눈치 없는 성격이거든. 근데 난 이 친구랑 진로도 같아서

오래 봐야 할 사이야. 어떡하면 좋을까?'

'너의 성격과 그 친구의 성격 차일 수도 있겠다. 나도 네 친구처럼 꽤 예민한 성격이야. 근데 내 친구 중에서도 너같이 단순하고 예민하지 않은 성격을 가진 아이가 있어. 그 아이는 모르겠지만 나는 가끔 힘들어. 성격 차이 때문에. 이렇게 나처럼 성격 차이인 거 아닐까?'

'그럴 수도 있겠다. 사실 내가 좀 많이 둔감한 성격이라서 그런 거 눈치를 잘 못 채거든. 너 참 예리하다. 너 되게 똑똑할 것 같아.'

'아니야 ㅋㅋㅋ. 우리 이야기 좀 잘 맞는 것 같다. 앗. 나 지금 오자 좀 쳤다. 나중에 대화 또 하자!'

이 대화를 마지막으로 A의 계정이 비활성화되었다. 열심히 공부하러 간 것이겠지. 다정한 아이 같다. 그리고 이 앱의 개발자가 누군지 알 것 같다. 아마도 우리 반 담임 선생님인 듯하다. 그저께 내 상담 이야기를 들으시고 이러한 앱을 만드셨을까? 내일이든 모레든 담임 선생님과 다시 대화를 나눠봐야겠다.

#10 지금, 알파와 베타는 성장하는 중이다.

앱을 만든 지 일주일째, 알파와 베타는 서로의 정체를 모른 채 잘 대화하고 있다.

알파는 자신의 고민은 많이 이야기하지 않고 시시콜콜한 잡담, 이야기를 주로 하거나 베타의 이야기를 들어준다.

베타는 대화를 주도하면서 자신의 고민을 과감하게 말한다. 솔직히 나는 알파가 이야기하고 베타가 고민을 들어주는 모습을 상상했는데, 반전이라서 놀라웠다. 둘이 잡담도 나누고, 고민 상담도 하면서 심적인 거리가 가까워진 것 같아서 보는 내내 뿌듯했다.

그런데 어제, 베타가 나에게 이야기해 드릴 게 있다고, 내일 상담이 가능하냐고 물어보았다. 갑자기 상담이라니. 설마 앱을 만든 게 나라는 사실이 들킨 건가? 아니면 A의 정체를 알아냈나? 온갖 생각을 하던 중, 교무실에 베타가 조심스레 들어왔다.

베타는 들어오자마자 내가 미리 마련해 둔 의자에 앉고는 인사말도 없이 입을 열었다.

"선생님, 앱 만드신 거 선생님이시죠?"

이런. 들킬 줄은 알았지만 이렇게까지 빠르게 들킬 줄은 몰랐다. 열흘도 안 되는 시간에 이 앱의 개발자가 나라는 사실을 알아낸 베타는 정말로 영리하고 상황 파악에 빠르구나. 하는 생각이 만연하던 와중, 더 폭탄 같은 발언을 날렸다.

"그리고 A의 정체는 알파죠? 선생님이 앱을 만드신 건 바로 눈치 챘지만, A가 알파라는 건 확신이 나지 않았어요. 그런데 지난 열흘 남짓 동안 대화하면서 느꼈어요. A가 알파라는 것을. 아무리 저희 사이가 멀어졌다 해도, 17년 동안 같이 살아왔는데 그거를 못 알아볼까 봐요. 저희의 관계 회복을 위해 노력해 주신 거죠?"

"우와⋯. 생각보다도 더 대단한 아이였구나. 앱을 깔고 대화한 지 10일도 되지 않아 둘의 정체를 눈치챌 줄은 몰랐어. 사실, 정체를 눈치채라고 만든 앱이지만, 이렇게 빨리 알 줄은 몰랐어. 너는 내가 왜 이 앱을 만들었다고 생각하니?"

"저와 알파의 관계 진전을 위해서 이 앱을 만드셨다고 생각해요. 익명성을 내세우신 이유는 편견에 젖지 말고 순수하게 대화를 하라고 그러신 거죠?"

"의도까지 들켜버렸네. 어때, 선생님의 의도대로 이야기를 나눈 것 같니?"

"네. 성공하신 것 같아요. 전 알파가 밀어내는 줄만 알았지, 저에게 그렇게 복잡한 감정을 가졌는지 몰랐어요. A가 자신의 이야기는 많이 하지 않았지만, 짧은 대화 속에서 많은 모멘트를 집어냈어요. 솔직히 말하자면 충분히 까진 아니겠지만 이해가 갈 것 같아요."

"앞으로도 네가 알파랑 많은 이야기해 보면 좋겠어. 익명성 아래에서 그 어떨 때보다도 진실한 대화를 나눌 수 있는 기회야. 아마 지금이 아니라면 언제 기회가 다시 올지 모른다고 생각해."

"저도 그렇게 생각해요. 근데 선생님은 국어 선생님이신데 어떻게 이 앱을 만드셨어요? 완전 능력자."

"내가 고등학생이었을 때, 내 친구가 컴퓨터 언어하고, 코드하고, 단축키 같은 걸 막 알려줬어. 그때 이후로 흥미가 생겨서 좀 공부를 해봤지. 그래서 내가 컴퓨터에는 좀 빠삭해. 그런데 내 잘못으로 그 친구와 멀어져서⋯. 관계를 회복하기 위해 이 앱을 만들었는데, 써보지 못했어. 너희가 첫 개시야."

"선생님도 친구와의 관계 회복을 위해 이러한 앱을 만드신 거군요…. 그런데 써보지 못했다니. 핸드폰에 앱을 못 까셨나요? 연락이 끊기거나 전화번호를 모르서서 써보지 못하셨나요?"

"아니야. 마음만 먹으면 전화번호는 물론 연락도 할 수 있어…. 그냥 순전히 내가 무서워서, 시간이 너무 흘러 버렸는데 다시 연락하면 추해 보일까 봐 못했어. 그래서 지금 너희에게 이 앱을 깔아준 거야. 나처럼 후회하고 살지 말라고."

"그러면 선생님의 뜻대로 앱을 통해 저랑 알파랑의 관계 회복이 과연 가능해질까요? 익명으로 속사정을 조금 더 까다가 알파가 저희의 정체를 눈치채도록 유인하는 게 좋지 않을까요?"

"정체를 밝히는 것도 나쁘지 않다고 생각해. 상대를 모르고 있을 바에야 뒤늦게라도 아는 게 좋지. 그런데 알파의 성격상, 자신이 모르고 있다가 직접 눈치채는 것보단 우리가 미리 알려주는 편이 더 나을 것 같아. 알파가 우리의 정체를 직접 알아내면 많이 화를 낼 것 같아. 자기를 놀리는 거냐고 생각할 것 같아. 그럴 바에 우리가 먼저 밝히고 알파가 화나면 사과를 취하는 게 나을 것 같아."

"아하…. 역시 저와는 다르게 사려 깊으시네요… 어떻게 해야 알파에게 상처를 주지 않고 다가갈 수 있을지 아직도 막막해요. 이렇게 대화하다 보면 언젠가는 관계가 많이 진전되겠죠?"

"그래. 둘 사이가 다시 좋아질 거야. 알파가 저번에 너와의 관계를 회복하고 싶다고 상담하기도 했어. 둘 다 예전으로 돌아갈 생각이 있으니깐 충분히 가능해."

"상담해 주셔서 감사합니다. 일단 알파의 속마음을 들어보는 걸 목표로 대화를 더 해볼게요!"

"그래, 씩씩한 모습 보기 좋다. 열심히 해보렴. 상담하고 싶을 때는 언제든지 찾아오고."

베타는 공손히 인사하고 교무실을 떠났다. 베타가 떠난 뒤에도 난 상담 내용을 계속 곱씹었다.

베타는 한눈에 A의 정체를 바로 알아봤는데 과연 알파가 못 알아봤을까? 알파는 사실 알면서도 모르는 척하는 게 아닐까? 알파는? 베타는?

머릿속이 복잡해졌다. 창문 밖은 푸르다. 8월을 향하여 달려가고 있는 지금, 알파와 베타는 성장하는 중이다.

#11 방학 동안, 둘만의 대화.

──────── ◆◆◆◆년 ◆월 ◆일 11:49 ────────

A : B! 잘 잤어? 난 오늘부터 방학 시작이라서 늦잠 좀 잤어. 오늘은 학원도 없어서 카공하러 가는 길. 심심해서 연락해 봤어.

B : 오~ 성실해~ 나도 오늘부터 방학이야. 근데 너랑 다르게 집에서 배 벅벅 긁고 있는 중.

A : 요즘 너랑 자주 대화하니깐 좋다. 서로 누군지 모르니깐 오히

려 편하게 이야기할 수 있는 느낌? 학교나 학원 친구들은 가끔씩 대하기 어려운데 넌 좀 편하게 느껴져. 왜일까?

B : 오~ 나도 그래. 익명이라서 그런 거 아닐까? 서로 비밀을 말해도 보안 유지가 되잖아.

A : 그런가. 역시 너랑 대화하는 게 참 좋아.

B : 나도 슬슬 씻고 스카나 가볼까~ 방학 첫날에 공부할 생각 없었는데 너보고 자극받는다 으하하!

A : 그게 뭐야 ㅋㅋㅋ 그래도 좋은 현상인 듯? 공부 열심히 해!

————— ◆◆◆◆년 ◆월 ◆일 03:27—————

A : 아 진심으로 인생 살기 힘들다……

B : A 왜 그래. 많이 힘들어?
A : 학원 가서 대회 준비하는데… 자꾸 실수한다. 그 아이가 이번에 같이 출연해서 그런가. 그냥 가슴이 답답하네.

A : 중학교 때는 그나마 대회가 덜 겹쳤는데 고등학교 들어오고 나

서 유독 많이 겹쳐. 주요 대회만 나가서 그런 걸까.

A : 아, 자격지심 느끼는 게 너무 싫다. 그냥 내 실력을 인정해야 하
는데⋯ 이건 인정하는 것도 아니고 도대체 뭐지? 무슨 감정인
지 모르겠어. 분명히 그 아이가 나보다 연주를 훨씬 더 잘하고,
매력적인 연주인 건 맞지만, 왜 가슴이 답답하지?

A : 내 실력은 저 바닥에 있는데 이상만 둥실 떠 있어서 그렇나. 욕
심이 과한가. 미안. 감정 정리가 너무 안 됐지? 자꾸 우울한 얘
기 해서 미안해. 새벽이라 그런가 봐.

B : 괜찮아. 그나저나 많이 힘드나 보다. 원래 사람은 새벽에 제일
촉촉해지긴 해. 대회 얼마나 남았길래 그래? 네 말 들으면 너
도 충분히 잘하는 것 같은데. 하루에 10시간씩 연습하고 맨날
연주 듣잖아.

A : 진짜 얼마 안 남았어⋯ 개학하고 10일쯤 뒤야. 지금으로 따지
면 한 20일 남았네.

B : 20일이면 충분한 거 아냐? 방학 동안 쭉 연습만 해오고, 실제
로 실력도 는 것 같다면서.

A : 이번 방학 동안 성장도 많이 했지. 근데 그건 나에게만 국한되

는 게 아니더라. 1학기 때 나보다 훨씬 못했던 아이들이 자기에게 맞는 곡을 들고 와서 연습하니깐, 그 아이들의 개성이 돋보이고 곡이 생동감 있게 느껴졌어. 분명히 실기 시험 칠 때는 나보다 못하던 아이들이었는데. 실기 때는 다 같은 곡을 연주하고, 이번 대회 때는 각자 곡을 해서 그런가?

A : 이번에 그냥 아이들도 이렇게 잘해서 긴장되는데, 그 아이는…. 색다른 선곡을 했어. 원래는 격정적인 감정이 실린 연주가 주특기였는데 이번엔 살랑거리는 곡을 선정했더라. 매우 의외였어. 그 아이가 곡을 잘못 선택한 줄 알았지. 근데 아니더라. 그 아이는 살랑거리는 부드러운 연주도 엄청나게 잘했다. 내가 할 수 있는 건 정석적인 연주. 기계처럼 딱딱하다고까지 느껴질 수 있는데, 그렇게 생동감 넘치는 연주 등이니 참 현타 오더라. 재능은 이길 수 없는 것일까. 하곤.

B : 아니야. 노력하면 무엇이든 이루어져. 안 되는 건 없어. 다른 사람들은 평소에는 못했지만 넌 꾸준히 잘해왔잖아. 그 말인즉슨 어떤 분야의 곡이든 가리지 않고 잘하는 걸 입증하는 거야. 너의 꾸준함과 실력에 자신감을 가져. 풍부한 감정이 없어도, 너한텐 뛰어난 실력이 있어. 너의 장점을 자랑스럽게 여기고 연습에 임해! 넌 할 수 있을 거야

A : 가끔은 네가 나보다 더 날 잘 아는 것 같아. 방금 말, 엄청 힘

이 났어. 진짜로 고마워. 방금까지만 해도 열등감에 빠져 있었는데, 네가 날 꺼내줬어. 그렇게 포장해 주니깐 조금은 쑥스럽긴 한데… 고마워.

B : 오, 나의 응원이 도움 된 거야? 나 좀 기뻐. 원래 공감을 잘 못하는 성격이라는 소리를 많이 들었거든. 하여튼 밤늦게까지 자책하지 말고 일찍 자! 여름 감기 들지 않게 이불 꼭 덮고!

A : 응 ㅋㅋㅋ 고마워 항상. 너도 잘 자고.

B : 아~ 개학도 바로 내일이다. 그러고 보니 A 너도 곧 개학 아니야? 방학도 비슷한 시기에 했잖아.

A : 응, 맞아. 우리도 개학이 내일이야. 개학하면 곧 대회네. 연습도 많이 했고, 내 연주도 많이 들어봤는데 왜 이렇게 떨리지? 평소엔 긴장 많이 안 하는 편인데.

B : 고등학교 올라오고 나서 처음으로 나가는 큰 대회라서 그런 거 아닐까? 아니면 중학생 때는 학원 친구 소수의 실력만 대강 알았는데, 고등학교 오고 사귄 친구들의 실력을 알아서 그런 걸지도?

A : 오, 진짜로 그런 것 같아. 너 심리학자 하면 딱 맞겠다. 어떻게

이렇게 내 심정을 바로 알지? 참 신기해. 알고 보면 우리 서로 아는 사이일지도?

B : ㅋㅋㅋ 그러면 운명이겠다. 알고 보니 나의 비밀 대화 친구가 현실 친구라니.

A : 근데 난 현실 친구라면 좀 싫을지도. B 네가 싫다는 게 아니라, 나의 이런 치부를 알고 있는 사람이 사이버 공간 익명 친구가 아니라 실제 지인이라면 진짜 부끄러울 것 같아. 만약 소문이라도 퍼지면… 엄청 음침하게 날 보겠지. 괜찮은 애인 줄 알았는데 자격지심 덩어리에 분에 어울리지도 않게 질투한다고…. 내가 봐도 한심하긴 해….

B : 아니야, 왜 갑자기 또 소심해졌어. 기운 차려!!! 내일 개학이니깐 짐도 잘 챙기고. 숙제도 해놓고.

A : 가끔은 또 엄마 같아 ㅋㅋㅋㅋ 고마워 항상. 넌 참 좋은 사람이란 게 화면 너머에서 느껴져.
B : 에혜 잇~ 쑥스럽게끔. 너 얼른 자. 난 이만 잘란다. 안녕~~

#12 베타가 정체를 밝혔을 때 알파가
   받아들여 줄 수 있을까?

　시간은 흐르고 흘러서 9월. 여름방학이 끝나고 본격적으로 2학기가 시작되었다. 그동안 알파와 베타는 대화를 통해서 많이 친밀해졌고, 깊은 대화를 나누는 사이가 되었다. 알파가 베타한테 느끼는 질투, 동경, 속죄 같은 여러 감정을 나누었고, 베타 또한 알파한테 느끼는 섭섭함, 그리움, 안타까움을 가상의 인물로 포장해 전달하였다. 알파가 여실히 내용을 말하는 것을 보니깐 알파는 아직 베타의 정체를 모르는 것 같다.

　방학 동안 둘은 엄청 많은 이야기를 나누었고, 나는 그 둘의 대화를 지켜보았다. 생각보다 베타가 엄청 자기의 흔적을 가득 담은 답변을 해주었지만, 알파는 눈치채지 못했다. 생각보다 의외였다. 알파가 이렇게까지 눈치가 없었나? 아니면 아예 현실에 닿아 있는 인연이 아니라고 생각해서 그런 걸까?

　그리고 알파의 우울증 증세도 발견했다. 생각보다 알파 마음의 골은 깊은 듯했다. 베타가 처음엔 뻣뻣하게 위로해 주더니, 뒤로 갈수록 능숙하게 위로해 주기 시작했다. 생각보다 훨씬 더 궁합이 잘 맞는 그녀들이었던 것이다.

　알파의 우울증 증세라는 슬픈 것을 알게 되었지만, 알파와 베타의 쿵작이 잘 맞는 것은 이 만남을 주최한 입장에서 매우 기쁜 것이었다. 이대로만 가 준다면, 나중에 베타가 정체를 밝혔을 때 알파가 받아들여 줄 수 있을까?

#13 알파는 울고, 난 알파의 등을 쓰다듬고

"너, 날 갖고 노니깐 재밌었니? 내 이야기를 듣고 그렇게 반응해 준 이유가 뭐야. 그 당사자가 너인 걸 뻔히 알면서. 아니면 내가 너무 우스웠니? 구경거리로 딱이었어? 그냥 내가 아주 웃겼겠다. 진짜로 말도 안 나올 정도로 어이가 없어."

종례 전, 우리 반에서 알파의 목소리가 쩌렁쩌렁 울려 퍼졌다. 평소에는 아무리 화나도 소리 한번 지르지 않는 순한 아인데, 오늘따라 보이는 감정적인 태도도 그렇고, 대화의 내용도 그렇고 이 상황은 100% 대화 앱이 들킨 상황이다.

"알파, 왜 이렇게 소리를 지르니. 일단 진정하렴. 가서 자리에 앉고. 자, 오늘도 종례는 짧다. 내일까지 개인 정보 동의서 사인받아 오고, 다음 주 수요일에 오페라 감상문 제출이니 잊지 말고. 차 조심하고. 종례 끝."

일단 알파를 진정시키고 재빨리 종례를 마쳤다.
알파는 눈물을 글썽이며 씩씩거리는 상태였다.

"알파야, 지금 시간 좀 있니? 같이 교무실 좀 올라가자."
일단 알파를 교실에서 꺼내야 한다고 생각한 나는 알파에게 교무실에 가자고 질문했다. 하지만 알파는 고개를 간신히 *끄덕거려* 줬을

뿐, 대답해 주진 않았다.

결국 알파의 어깨를 감싸고 문밖으로 이끌었다. 교무실로 내려가는 동안, 알파의 두 눈에 천천히 눈물이 고여 그렁거렸다.

"선생님, 다 들켰어요. 베타한테 다 들켰어요. 방학 동안 대화를 깊게 나눈 친구가 있었는데, 그게 베타였어요. 너무 부끄러워요. 심연까지 다 들켜버리고 말았어요. 어느 날 이상한 앱이 폰에 깔려서 해킹인 줄 알았는데 대화 상대가 너무 괜찮은 거예요. 말도 잘 통하고, 고민도 잘 들어줬어요. 그래서 방학 동안 엄청 많은 대화를 나누고, 온갖 진지한 대화를 나눴는데…. 근데 그 아이가 베타래요. 부끄러워서 죽고 싶어요."

하… 이런 상황에서 그 앱의 개발자이 사태의 원흉이 나라고 어떻게 말을 꺼낼지 암담했다. 하지만 알파에게도 알 권리는 있지 않나? 비록 이 사태 때문에 알파한테 존경받는 선생님에서 사이코패스로 인식이 변한다고 할지라도 말은 해줘야 한다.

"알파야. 정말 미안하다. 내가 이 앱을 만들고 너네 휴대전화기에 깔았어. 사건의 원흉은 나야. 네가 이렇게 상처받을지 몰랐어."

"선생님? 왜… 왜 이런 앱을 만들고… 폰에…."

충격을 단단히 받은 알파의 손이 부들부들 떨리기 시작했다.

"미안. 방학하기 전에 네가 베타와의 관계를 상담해왔고, 베타 또한 너와의 관계를 고민으로 상담을 신청해왔어. 그래서 둘 다 관계

진전의 의사가 있는데 이 둘을 대화시키는 방법을 고민하다가 결국 이 앱이라는 답변에 도달한 거야. 미안. 너한테는 변명으로 들리겠지. 이건 전적으로 선생님 잘못이야. 정말로 미안해."

"선생님의 의도는 알겠어요. 서로 겉도는 쌍둥이가 안타까워 보이셨겠죠. 하지만 베타가 A가 저인 줄 눈치챈 순간부터 이야기를 해주셨어야 해요. 하지만 선생님하고 베타, 둘만 저의 정체를 알고 대화하는 것은 정말로 수치심이 들고 배신감이 들었어요."

결국 알파의 눈에서 구슬 같은 눈물방울이 주르륵 흘러버렸다. 17살 소녀가 감당하기엔 너무나도 큰 충격이었을 것이다. 비밀 친구라 굳건히 믿고 속에 있는 열등감까지 털어낸 상대방이, 열등감의 원천이라면 어떤 기분일까? 알파의 처지에서 생각해 보니 내가 얼마나 충격적인 짓을 했는지 깨달았다.

알파는 이 분노를 이기지 못하고 온몸을 부들부들 떨면서 눈물을 흘릴 뿐이었다. 나는 그런 알파의 손에 휴지를 쥐어 주며 어떠한 위로라도 건네보고 싶었지만, 입이 열리지 않았다. 그렇게 알파는 울고, 난 알파의 등을 쓰다듬고. 영겁 같은 시간이 흐른 뒤, 알파는 조용히 일어나 인사를 하고는 교무실을 떠나갔다.

#14 비틀. 비틀. 쿵.

메시지 사건 이후, 시간은 흐르고 흘러 콩쿠르 날 아침이 밝았다.

그동안 멘탈도 망가지고, 패턴도 망가진 알파. 그날 이후로 끼니도 잘 안 챙기고, 학교도 조퇴하거나 결석계로 빠졌다. 온종일 피아노 연습만 하는지, 베타가 걱정스러운 목소리로 알파의 근황을 이야기해 주곤 했다.

베타 또한 자신이 언니를 곤란에 빠트린 점, 언니가 입었을 상처, 그리고 언니가 우울함에 잠겨 있는 모습을 보니깐 덩달아 우울해졌다. 우울은 전염처럼 퍼진다더니, 두 사람에게 퍼져서 둘 다 무기력한 상태이다.

온갖 난해한 기교를 훌륭히 소화하는 실력을 베이스로 악보를 완벽히 재현하는 데에 장점을 둔 알파, 감정적이고 열정과 파워로 넘치는 연주를 쏟아내듯이 연주하는 데에 장점을 둔 베타. 둘의 실력은 타의 추종을 불허한다. 둘 다 매우 유니크한 스타일로, 교내에서도 가장 우수한 실력을 갖춘 둘이다. 하지만 지금, 둘 다 워밍업 할 때 손이 제대로 움직이지 않는 모습을 보인다. 쌍둥이의 레슨 선생님이 걱정되어서 물어보자, 알파와 베타는 대답을 피하곤 대기실로 돌아간다. 평소라면 나란히 대상과 최우수상을 나누어 받았을 입장이지만, 지금은 입상조차도 어려워 보이는 상태다.

대기실에 들어가서도 알파는 이어폰을 꽂고 자신의 연주만 확인하고 있고, 베타는 핸드싱크를 해보며 손을 놀려주고 있을 뿐이었다. 서먹해진 두 사람과 지나친 에어컨 때문에 냉랭해진 대기실, 그리고 두 사람의 눈치를 보는 다른 출연진들까지. 오늘 전체적으로 상태가 최악이었다.

문득 알파는 드레스를 벗어버리고 떠나고 싶다는 생각이 들었다. 어차피 이 상태로 음악을 연주해도 최상의 음악이 나오지 않는다. 후회할 만한 연주만을 하고 내려올 것 같다. 차라리 이 무대를 지금이라도 떠나는 게 낫지 않을까 라는 생각.

하지만 시간은 점점 줄어들고, 자리를 차고 떠나는 미친 짓을 할 깜냥은 없었다. 알파는 이렇게 무능력한 자신을 한탄하며 대기표를 확인하였다. 이제 앞에 3명밖에 남지 않은 순서. 정말 곧 내 차례가 오는구나 하고 생각하는 찰나, 심장이 미친 듯이 뛰고 있고 자신의 몸이 무의식중에 부들부들 떨리는 게 느껴졌다. 급히 청심환을 하나 까먹었지만, 떨림은 멈추지 않았다. 온몸을 주물러도 보고, 스트레칭도 해보지만 떨림은 멈추지 않았다.

이제 바로 직전, 마지막으로 드레스도 정리하고 최종적으로 정리하는 시간. 팽팽하게 돌아가고 있는 무대 뒤편에서, 알파는 눈앞이 뿌예지는 것을 느꼈다.

비틀, 비틀.

쿵.

#15 우리는 그날 밤 서로 진정으로 이해했다.

화장실을 갔다 오니, 대기실이 개판이었다. 멀리서 희미하게 들리는 사이렌 소리, 사람들이 서로 뭉쳐 속닥거리는 모습, 구급 대원들의 발소리, 그리고 그 중심에 쓰러져 있는 알파.

방학 동안, 메시지를 통해서 같이 고른 드레스가 바닥에 펼쳐져 있었다. 알파의 긴 머리카락이 바닥에 흩뿌려져 있었다. 알파가 미동도 없이 바닥에 누워 있다.

어. 이럴 리가 없는데.

내가 아는 알파는 항상 씩씩하고 힘든 티 하나도 안 내는 강철 같은 사람인데. 그런 알파가 시든 꽃처럼 바닥에 쓰러져 있다.
"여기 이 분 보호자 계시나요? 환자분 보호자!"
구급 대원들이 보호자를 목청이 터져라 외친다.
"제가 보호자예요! 쌍둥이 동생입니다."
"아, 네. 지금 환자분께서 쓰러지셔서 응급실로 이송해야 하는 상황인데, 동행 가능하실까요?"
"아, 가능합니다. 필수품 따로 챙겨야 하는 게 있을까요?"
"갈아입을 옷 정도만 있으면 될 것 같습니다."
나는 황급히 옷을 싸러 달려나갔다. 그렇게 고대하던 대회 날, 연주를 목전에 두고 쓰러지다니 충격적이었다. 한없이 강해 보이기만 하던 알파가, 항상 굳세었던 알파가 쓰려졌다.

엄마한테도 전화해 보았지만 돌아오는 건 소리샘이었다. 아마도 회의 중이지 않을까. 결국 엄마와의 전화 통화는 포기하고 구급차에 몸을 실었다.

우스운 풍경이었다. 구급차는 사이렌을 켜고 질주하는데, 구급차 안에는 하얀 드레스를 입은 소녀가 둘이나 있었다. 병원에 도착하고 나서도 사람들의 이목을 끌었다. 응급실에서 진료를 기다리다가, 사람들의 호기심 어린 시선을 견디지 못하곤 1인실로 황급히 자리를 옮겼다.

의사 선생님께서는 알파가 과로와 영양실조 상태라고 말씀해 주셨다. 이 몸 상태로 콩쿠르를 나가려고 했던 게 기적이라고 하셨다. 적어도 일주일 동안은 병상에서 절대 안정을 유지해야 한다고 말씀하셨다.

아무런 미동이 없이 누워 있는 알파의 모습을 보니, 가슴께가 쓰라렸다. 며칠 사이에 폭 패인 볼, 가뜩이나 말랐는데 더 앙상해진 팔, 푸석푸석한 머릿결과 생기 없는 피부. 알파의 모습이 완전 시체 꼴이었다. 밥도 안 먹고 계속 연습실 가더니, 결국 이 사단을 만들어 낸 것 아닌가. 그런 알파의 모습을 보니 미안하고 안쓰러워서 눈가가 촉촉해졌다.

알파는 도통 깨어날 생각을 하지 않았다. 하룻밤을 꼬박 자고 다음 날 오후, 나는 찝찝한 마음에 공용 욕실에서 샤워하고 편의점에서 간단히 샌드위치와 우유를 사서 병실로 돌아왔다. 병실에 돌아온 그때 난 알파의 똘망똘망한 두 눈과 마주쳤다. 기력을 차린 것이다. 난 황급히 호출 벨을 눌렀고, 간호사 선생님과 의사 선생님께서 달려오셨다.

생각보다 의식을 늦게 차렸다면서, 천천히 죽을 먹고 절대 안정이 필요하다고 다시 한번 강조하셨다. 나는 알파에게 묵묵히 죽을 먹여주고, 화장실까지 부축을 해주었다. 그 일련의 과정에서 나온 대화는 한 마디도 없었다. 알파의 모습은 퀭했고, 나의 모습은 너무나도 뽀송뽀송해 다시금 죄책감이 들었다.

그날 밤, 알파와 베타는 나란히 침대와 간이침대에 누워서 잠을 청했다. 냉랭한 공기의 내려앉은 병실, 알파의 뒤척이는 소리가 유난히 크게 들린다. 잠을 청해 보려 알파는 노력했지만, 달밤은 밝고 두 사람 사이의 정적은 유난히 차가운 것이었다. 결국, 침묵을 깨고 알파가 입을 열었다.

"베타야. 미안해. 내가 참 추했지…. 할 말이 없다."

"언제부터 그런 감정을 느꼈던 거야? 난 어렴풋이 눈치채기는 했지만, 우리 사이가 어색해지는 게 싫어서 마냥 모르는 척 다녔어. 사실은 이렇게까지 깊은 감정의 골이 있는지도 몰랐어. 처음부터 말해줬으면 좋았을 텐데. 그럼 이 상황까지는 오지 않았을 텐데."

"미안해. 계속 미안하다는 말밖에 하지 않는 것 같지만 미안하다는 말밖에 할 말이 없다. 콩쿠르 참가자들한테도 민폐 끼치고, 나한테 신경 써주신 선생님께도 그냥 죄송하고, 너한테 미안하고. 여러모로 민폐 덩어리다."

"내가 걱정하는 건 다른 참가자들도, 선생님도 아닌 바로 너야. 너 이번 콩쿠르 엄청나게 준비했잖아. 명망 있는 콩쿠르이기도 하고, 최우수상과 대상 수상자는 협연도 진행해서 너의 꿈이었던 콩쿠르였잖아. 중학교 때부터 입상곡은 물론 주요 수상자의 연주와 심사위원들의 연주까지. 오직 이날만을 위해서 준비해 왔잖아. 난 네가 제일 걱정돼. 다른 참가자들? 선생님들? 걱정 하나도 되지 않아. 다 남이잖아. 근데 넌 가족이잖아. 당연히 제일 걱정되지. 근데 정신 좀 차리고 하는 소리가 그런 소리라니. 나 좀 화날 것 같아."

내 말이 끝나자, 알파의 눈에선 투명한 액체가 주르륵 흘러내렸다. 그렇게 하염없이 알파는 울고, 난 휴지를 뜯어 알파의 손에 쥐어 주었다. 알파의 등을 쓰다듬으며 진정하길 기다리던 찰나, 알파가 흐느끼며 말했다.

"내가 밉지 않아? 형편없는 내 실력을 향상시키기보다 널 시기하는 걸 선택하고, 너의 모든 행보를 질투하고 미워한 내가 밉지 않아?"

"물론 아주 조금은 밉지. 근데 난 미운 것보다도 네가 너무 짠해. 너도 훌륭히 잘하고 뛰어난 사람인데 자꾸 타인이랑 비교하고 너 자신을 사랑하지 못하잖아. 물론 나의 이런 발언을 네가 싫어할 수도 있겠지만 나는 네가 무척 멋진 사람이라 생각하고 너를 존경해. 그리고 너를 미워하려고 해도 미워하지 못하겠어. 너 자신의 자책 때문에 나를 향한 너의 마음을 비관적으로 표현했을 뿐, 너의 무의식 중에 나를 향한 사랑이 들어 있음을 알 수 있어. 항상 나를 생각해 주고, 나를 배려해 주고, 나와의 관계를 회복하기 위해서 피아노도 그만둔다고 상담했잖아. 네가 날 그렇게 생각해 주는데 어떻게 미워해. 오히려 고맙고 미안하지."

"그래도 나 때문에 너도 콩쿠르 못 나가고 병원에서 지내잖아. 맘

이 편하지 않다. 간이침대 많이 딱딱하지. 여기 침대 넓은데 같이 잘래? 이야기도 좀 할 겸."

알파가 침대 위로 날 불렀다. 침대에 올라가 보니 알파의 눈은 너무 많이 울어서 팅팅 붓고 빨갛게 올라와 있는 상태였다. 급히 물수건을 만들어 눈을 찜질해 주며 어린 시절 이야기를 꺼내기 시작했다.

"옛날에도 이런 적 있지 않았나. 그때는 내가 울고 네가 달래 줬었는데…."

서로 함께 누워서 도란도란 이야기를 나누다가 까무룩 잠들어 버렸다. 손을 꼭 잡은 채. 우리는 그날 밤 서로 진정으로 이해했다.

#16 메시지가 도착하였습니다.

바람은 선선하고 하늘이 맑은 10월. 알파와 베타의 거리는 아주 좁아졌다. 알파는 자신을 사랑하는 법을 배웠고, 베타는 타인을 이해하는 법을 배웠다.

병원에서의 7일 동안 많은 대화를 나누고, 친해지고, 서로가 없으면 못 살았던 시절로 돌아왔다. 알파는 이후 학교 특별 실습에서 작곡에 재능이 있는 것을 발견하고는 작곡 공부와 피아노를 병행하고 있다. 진지하게 작곡으로 전과를 고려하는 중이다. 베타는 타인을 이해하는 데에 큰 관심이 있다. 요즘 심리학책을 들고 다니며 읽는 모습이 자주 보인다. 쌍둥이에겐 큰 갈등이 있었고, 큰 변화가 생겼다. 나는 아이들의 변화에 감동하며 면밀히 관찰하고 있다.

"선생님, 선생님은 친구분께 앱을 보내시지 못하셨잖아요. 결국 화해에 실패하신 건가요?"

베타가 천진난만한 얼굴로 물었다. 두 팔에 천천히 수학 노트를 쌓으면서 그렇게 정곡을 찌르는 말이라니.

"제가 지금 읽고 있는 책에선요. 열등감은 그 자체로는 문제가 아니라 감정을 대하는 우리의 태도가 중요한 것이래요. 용기와 독립심으로 무장한 채 열등감을 극복하기 위한 해답을 향해 나아간다면, 그 감정이 건강한 심리상태가 되어 우리 삶의 동기이자 발전을 위한 자극제가 되어줄 것이라고 나와 있었어요. 선생님도 열등감이 있으셨잖아요. 알파한테 물어봤는데 열등감에 가득 찼을 때는 아무것도 보이지 않고 무기력한 느낌이래요. 하지만 알파는 용기를 냈고, 해피엔딩이 났어요. 그리고 선생께서 알파한테 '열등감이 아니라 열정이다.'라는 말씀을 해주셨다고 들었어요. 선생님은 해결방법을 이미 알고 계세요. 용기를 내고 시도해 보세요. 제가 말씀드릴 건 이게 다에요. 저는 이만 가보겠습니다."

수학 선생님 심부름을 왔는지 팔에 한 아름 오답 노트를 들고 천천히 발걸음을 옮겼다.

베타의 말을 곰곰이 되씹으며 생각했다. 열등감이 문제가 아니라 우리의 태도가 문제이다. 그 말이 맞는 것 같다. 다른 이들은 열등감을 원천 삼아서 원하는 일을 계속 시행했는데 나는 그 아이를 외면하고 미워했다. 그런가. 용기를 내서 다가가야 하나? 알파와 베타처럼 우리의 관계도 변할 수 있을까? 여러 생각을 해보다가 결국 핸드폰을 집어 들었다.

오랜만에 SNS에 들어가 옛날 친구들을 찾고, 그 아이의 전화번호를 알아냈다. 20분밖에 걸리지 않았다. 아주 간단한 방법으로 순식간에 해내다니. 지난 십몇 년간이 허무하게 느껴졌다.

그리고 그날 새벽, 누군가의 핸드폰이 울렸다.

. . . – – . . .

| '메시지가 도착하였습니다.' |

후기

열정으로 가득 찬 당신에게

드디어 이 글을 끝내네요. 정말 오랜만에 써보는 소설이기도 하고, 이렇게 책으로 발간해 보는 건 처음이라 정말 설레는 작업이었어요. 이 글은 열등감을 주제로 지어진 단편 소설입니다. 처음에는 무슨 주제로 소설을 전개해야 할지 감이 잡히지 않았습니다. 그러나 언젠가는 한번 풀어보고 싶었던 주제인 열등감으로 시작을 해보니 문장이 술술 풀리더라고요. 아마도 저의 내면의 열등감에 관한 여러 생각이 자리 잡고 있었다는 말이겠죠.

이 작품은 저를 기반으로 만들어졌어요. 주위 환경과 여러 사건은 제가 경험했던 것들을 짜깁기하고 이름을 바꿔가며 구성

한 내용이에요. 선생님과 선생님의 친구가 처한 상황도 비슷하게 만들어졌어요.

그러나 알파와 베타, 그리고 익명 친구의 캐릭터 특성에는 외부의 영향을 엄청 많이 받았어요. 특히 알파는 공부도 잘 하고 매사 성실한, 다람쥐를 닮은 친구를 모티브로 삼았어요. 또한 이야기를 관통하는 말인 '열등감이 아니라 열정이다.'라는 말은 사랑스러운 한 친구가 해준 말이에요. 제 글을 다 완성했을 때, 이 말을 듣고 '이 말은 글에 꼭 넣어야 한다.'라는 생각이 강하게 들었어요. 그래서 허락을 구하고 글을 수정하며 삽입하게 되었습니다.

이 글에는 플래그들이 있어요. 먼저 이름을 끝까지 밝히지 않은 선생님의 친구가 있죠. 이 인물은 여러분이 누군가에게 이 글의 '선생님'이 되지 않았을까 하고 생각을 시키는 플래그에요. 이 인물의 이름은 여러분의 X를 넣던지, 싸운 친구의 이름을 넣던지 자유롭게 하세요. 그게 바로 독자의 역할이라고 생각합니다.

또 다른 플래그는 알파와 베타의 부모님입니다. 이 글 자체에서 아버지는 단 한 번도 등장하지 않고, 어머니만이 간접적으로 딱 한 번, 등장했어요. 이들이 싸우고 화해하는 과정에서 타인의 개입 없이 오로지 알파와 베타가 스스로 해결하길 바라는 의도도 있었고, 알파의 지나친 경쟁심과 불안함을 표현하기 위한 것도 있어요. 알파는 부모님께 인정받으려 끊임없이 애쓰는 아이였고, 그로 인해 스트레스를 받았어요. 본문에서는 간접적으로, 매우 짧게 표현했는데 눈치 차리셨을지 모르겠네요.

　이 글을 읽는 사람 중, 자신이 맞는 길로 나아가는 건지 모르는 사람도 있을 거고 열등감 같은 부정적 감정이 사주 드는 사람도 있겠죠. 하지만 알파와 베타가 이겨낸 것처럼 여러분도 이겨낼 수 있을 겁니다. 열등감이 아니라 열정이니깐요.